De la Tierra
a la Luna

JULIO VERNE

De la Tierra
a la Luna

EDICIONES RUEDA J. M., S. A.

Colección Los viajes extraordinarios de Julio Verne
De la Tierra a la Luna

Coordinación editorial y traducción:
G.D.A. Ediciones, S. L.

Edición original:
De la Terre à la Lune
Les voyages extraordinaires
Bibliotheque d'éducation et de récréation
J. Hetzel et Cie. París

Con ilustraciones de Montaut, Bayard y De Neuville

Cubierta: La Fábrica de Imágenes

Edición española:
© 2000 EDICIONES RUEDA, J. M., S. A.
Los Mesejo, 11
28007 Madrid

Primera edición: 2001
ISBN: 84-95060-15-9
Depósito legal: M-9.764-2001
Printed in Spain - Impreso en España por:
Mateu Cromo, S.A., Carretera de Fuenlabrada, s/n.
Pinto (Madrid)

Indice

1

El Gun-Glub

En Estados Unidos, durante la Guerra de Secesión, se estableció en Baltimore, ciudad del Estado de Maryland, una nueva sociedad que pronto alcanzaría gran influencia. Conocida es la fuerza con que el instinto militar se desarrolló en este pueblo de armadores, mercaderes y fabricantes. Simples comerciantes y tenderos abandonaron su despacho y su mostrador para transformarse en capitanes, coroneles y generales sin haber pasado por la escuela de West-Point y no tardaron en rivalizar dignamente en el arte de la guerra con sus colegas del Viejo Continente, alcanzando victorias —lo mismo que éstos— a fuerza de prodigar balas, millones y hombres.

Los americanos aventajaron a los europeos en la tecnología balística, y no porque sus armas hubiesen llegado a un más alto nivel de perfección, sino porque consiguieron alcanzar dimensiones extraordinarias y, con ellas, un alcance desconocido hasta entonces. Respecto a tiro rasante, directo, parabólico, oblicuo y de rebote, nada tenían que envidiarles ingleses, franceses y prusianos, pero los cañones los obuses y los morteros europeos eran simples pistolas de bolsillo comparados con las formidables piezas de la artillería norteamericana.

No es de sorprender, pues los norteamericanos no tienen rival en el mundo como mecánicos, y nacen ingenieros como los italianos nacen músicos, y los alemanes filósofos. Era además natural que aplicasen a la técnica artillera su natural ingenio y su proverbial audacia. Así se explican los cañones gigantescos, mucho menos útiles que las máquinas de coser, pero no menos admirables y mucho más admirados. Conocidas son en este género las maravillas de Parrot, de Dahlgreen, de Rodman, frente a las que los Armstrong, Palisier y Treuille de Beaulieu tuvieron que reconocer su inferioridad.

Así, pues, durante la sangrienta lucha entre nordistas y sudistas, los artilleros siempre estuvieron en primera línea. Los periódicos de la Unión celebraban con entusiasmo sus inventos, y no había persona, por insignificante que fuese, que no estuviese día y noche estrujándose el cerebro para calcular trayectorias inauditas.

Y cuando a un norteamericano se le mete una idea en la cabeza, nunca falta otro compatriota que le ayude a realizarla. Si sólo son tres, eligen un presidente y dos secretarios. Si llegan a cuatro, nombran un archivero, y la sociedad funciona. Siendo cinco se constituyen en asamblea general, y la compañía queda definitivamente consolidada. Y esto fue lo que sucedió en Baltimore. El primero que inventó un nuevo cañón se asoció con el primero que lo fundió y el primero que perforó el ánima. Tal fue el núcleo del Gun-Club: tan sólo un mes después de su formación, se componía ya de 1.833 miembros efectivos y 30.575 correspondientes.

A todo el que quería entrar en la sociedad se le imponía la condición *sine qua non* de haber ideado o por lo menos perfeccionado un nuevo cañón o, a falta de cañón, cualquier arma de fuego. Pero conviene aclarar que los inventores de revólveres de quince tiros, de carabinas de tambor, o de sables-pistolas no gozaban de muy buena reputación. En cualquier circunstancia los auténticos artilleros gozaban de preferencia.

—La distinción—afirmaba cierto día uno de los oradores más distinguidos del Gun-Club— depende de las dimensiones del cañón, y está en relación directamente proporcional con el cuadrado de las distancias alcanzadas por sus proyectiles.

Una vez fundado el Gun-Club, es fácil imaginar lo que consiguió en este campo el talento inventivo de los norteamericanos. Los ingenios bélicos adquirieron proporciones colosales y los proyectiles, superando los límites permitidos, fueron a mutilar horriblemente a más de cuatro inofensivos viandantes. Todas aquellas invenciones hacían parecer insignificantes los productos de la artillería europea. Bastará con enunciar los siguientes datos.

En otros tiempos, una bala del treinta y seis, a una distancia de 300 pies, atravesaba 36 caballos puestos de flanco y 78 hombres: la tecnología se hallaba en mantillas. Desde entonces balística y artillería han avanzado mucho. El cañón Rodman, que disparaba a 7 millas de distancia una bala que pesaba media tonelada, habría derribado 150 caballos y 300 hombres. En el Gun-Club se trató de hacer la prueba, pero aunque los caballos se sometían a ella, los hombres se mostraron, por desgracia, menos dispuestos.

Pero sin necesidad de pruebas se puede asegurar que los cañones eran realmente mortíferos, y que con cada andanada los combatientes eran

derribados como espigas en un campo que se está segando. Junto a semejantes ingenios, poco podía significar la famosa bala que, en Coutras, en
1857, dejó fuera de combate a 25 hombres. ¿Y aquella otra bala que, en
Zoradoff, en 1758, aniquiló a 40 soldados? ¿Qué podía suponer aquel
cañón (austriaco) Kesselsdorf, que, en 1742, abatía con cada disparo a 70
enemigos? ¿Quién podía prestar atención a aquellas baterías que, en Jena
y Austerlitz decidían la suerte de la batalla? Cosas más importantes se vieron durante la Guerra de Secesión. En Gettysburg, un proyectil cónico,
disparado por un cañón, mató a 173 confederados, y en el paso del Poto-
mac una bala Rodman envió 1.155 sudistas a un mundo evidentemente
mejor. No conviene olvidar el formidable mortero inventado por J. T.
Maston, miembro distinguido y secretario del Gun-Club, cuyo resultado
fue aún más letal, pues en el ensayo mató a 137 personas, aunque lo cierto es que reventó.

En definitiva, hemos de admitir sin resquemores el cálculo obtenido
por Pitcairn: dividiendo el número de víctimas que hicieron las balas de
cañón por el de los miembros del Gun-Club, obtenemos que cada uno de
éstos había costado en media la vida a 2.375 hombres y fracción. Teniendo en cuenta este dato, es evidente que la preocupación básica de aquella
sabia sociedad era la destrucción de la Humanidad como objetivo filan-
trópico y el perfeccionamiento de las armas de guerra, consideradas como
instrumentos de civilización. La sociedad era, en suma, una reunión de
ángeles exterminadores, hombres de bien a carta cabal.

Añádase que aquellos valientes norteamericanos no se contentaban
con fórmulas empíricas, sino que descendían ellos mismos al terreno de
la práctica. Había entre ellos oficiales de todas las graduaciones, subte-
nientes y generales, y militares de todas las edades, algunos recién entra-
dos en la carrera de las armas y otros que habían encanecido entre los
vivacs. Muchos de los nombres que figuraban en el libro de honor del
Gun-Club habían quedado en el campo de batalla, y los demás llevaban
en su mayor parte señales evidentes de su indiscutible arrojo. Muletas,
piernas de palo, brazos artificiales, manos postizas, mandíbulas de goma,
cráneos de plata, narices de platino… De todo había en la colección, y el
referido Pitcairn calculó igualmente que en el Gun-Club *había* un brazo
por cada cuatro personas y dos piernas por cada seis.

Pero aquellos intrépidos artilleros no reparaban en semejantes baga-
telas, y se llenaban justamente de orgullo cuando el parte de una batalla
dejaba consignado un número de víctimas diez veces mayor que el de proyectiles gastados.

Pero… un día, triste y lamentable día, los que sobrevivieron a la guerra firmaron la paz. Cesaron poco a poco los cañonazos; enmudecieron los morteros, los obuses y los cañones volvieron a sus arsenales; las balas se almacenaron en los parques, se difuminaron los recuerdos sangrientos, los algodoneros brotaron magníficamente en los campos cuidadosamente abonados, los vestidos de luto se fueron haciendo viejos, y el Gun-Club quedó sumido en una profunda ociosidad.

Algunos apasionados, trabajadores incansables, se entregaban aún a cálculos de balística y no pensaban más que en bombas gigantescas y obuses asombrosos. Pero, sin la práctica, ¿de qué sirven las teorías? Los salones estaban desiertos, los criados dormían en las antesalas, los periódicos enmohecían encima de las mesas. Tristes ronquidos partían de los rincones oscuros, y los miembros del Gun-Club, tan bulliciosos en otro tiempo, se amodorraban mecidos por la idea de una artillería platónica.

—¡Qué pena!—dijo un día el bravo Tom Hunter, mientras sus piernas de palo se carbonizaban en la chimenea—¡No hacemos nada! ¡Nada podemos esperar del futuro! ¡Qué existencia tan fastidiosa! ¿Dónde están aquellos tiempos gloriosos en que nos despertaba puntualmente la alegre música de los cañones?

—Aquellos tiempos pasaron para no volver —respondió Bisby procurando estirar los brazos que le faltaban—. ¡Entonces daba gusto! Se proyectaba un obús y, apenas fundido, el mismo inventor acudía a ensayarlo ante el enemigo, y obtenía en el campamento un aplauso de Sherman, o un apretón de manos de MacClellan. Pero ahora los generales han vuelto a sus despachos y en lugar de mortíferas balas de hierro despachan inofensivas balas de algodón. ¡Por Santa Bárbara bendita! ¡El futuro de la artillería se ha perdido en América!

—Es cierto, Bisby—exclamó el coronel Blomsberry—. Hemos sufrido crueles decepciones. Un día abandonamos nuestras tranquilas existencias, nos ejercitamos en el manejo de las armas, dejamos Baltimore por los campos de batalla, donde nos portamos como héroes, y dos o tres años después se nos niega el fruto de tantas fatigas, para condenarnos a una miserable existencia, con las manos en los bolsillos.

Trabajo le hubiera costado al valiente coronel dejar constancia de esta forma de su ociosidad. Y no por falta de bolsillos…

—¡Y no hay ninguna guerra en perspectiva!—dijo entonces el famoso J. T. Maston, rascándose su cráneo de goma elástica—. ¡Ni una nube en el horizonte, cuando tanto hay que hacer en la ciencia de la artillería! El que os habla en este momento ha terminado esta misma mañana un modelo de obús, con su plano, su corte y su elevación, destinado a modificar profundamente las leyes de la guerra.

—¿De veras?—contestó amablemente Tom Hunter, pensando sin querer en los resultados del último ensayo del respetable J. T. Maston.

—Por supuesto—respondió éste—. Pero, ¿de qué sirven tantos estudios y tantas dificultades superadas? Nuestros trabajos son inútiles. Los pueblos del Nuevo Mundo se han empeñado en vivir en paz, y nuestra belicosa *Tribuna* pronostica próximas catástrofes debidas a un aumento desmesurado de la población.

—Sin embargo, Maston—objetó el coronel Blomsberry—, en Europa siguen combatiendo para defender el principio de las nacionalidades.

—¿Y qué?

—¡Cómo que «¿y qué?»! Podríamos intentar algo allí. Y si aceptasen nuestros servicios...

—¿Qué está intentando proponernos?—preguntó Bisby, escandalizado—. ¡ Desarrollar la balística en beneficio de extranjeros!

—Es preferible eso a no hacer nada—respondió el coronel.

—Es cierto—dijo J. T. Maston—. Es preferible, pero ni siquiera nos queda tan pobre expediente.

—¿Por qué?—preguntó el coronel.

—Porque en el Viejo Mundo tienen ideas sobre los ascensos muy distintas de nuestras costumbres americanas. Los europeos no admiten que pueda llegar a ser general en jefe quien no ha sido antes subteniente, lo que equivale a decir que no puede ser buen artillero el que por sí mismo no ha fundido el cañón, lo que me parece...

—¡Absurdo!—replicó Tom Hunter destrozando con su cuchillo los brazos de la butaca en que estaba sentado—. No nos queda otra alternativa que plantar tabaco y destilar aceite de ballena.

—¡Cómo!—exclamó J. T. Maston con voz atronadora—. ¿No vamos a dedicar los últimos años de nuestra existencia al perfeccionamiento de las armas de fuego? ¿No tendremos una nueva ocasión de ensayar el alcance de nuestros proyectiles? ¿Nunca más el fogonazo de nuestros cañones iluminará la atmósfera? ¿No surgirá alguna crisis internacional que nos permita declarar la guerra a alguna potencia ultramarina? ¿Es que los franceses no van a hundir uno solo de nuestros buques, ni ahorcarán los ingleses, con menosprecio del derecho, a tres o cuatro compatriotas?

No, Maston—respondió el coronel Blomsberry—, no tendremos tanta suerte. ¡No se producirá ni uno solo de los incidentes que tanto necesitamos. Y, aunque se produjesen, no sacaríamos de ellos ningún provecho!

¡La susceptibilidad americana va desapareciendo, y vegetamos en la molicie!

—¡Sí, nos humillamos!—replicó Bisby.

—¡Se nos humilla!—respondió Tom Hunter.

—¡Y tanto!—replicó J. T. Maston con vehemencia aún mayor—. ¡Sobran razones para batirnos y no nos batimos! Se economizan piernas y brazos en provecho de gentes que no saben qué hacer. Sin ir más lejos, existe un motivo para la guerra. Razonemos: ¿América del Norte no perteneció en otro tiempo a los ingleses?

—Sin duda—respondió Tom Hunter, dejando, furioso, que el extremo de su muleta se quemase en la chimenea.

—Pues bien—continuó J. T. Maston—, ¿por qué Inglaterra a su vez no ha de pertenecer a los americanos?

—Sería justo—respondió el coronel Blomsberry.

—Pues acudid con esa proposición al presidente de Estados Unidos —exclamó J. T. Maston—. Y veréis cómo la acoge.

—La acogerá mal—murmuró Bisby entre los cuatro dientes que había podido salvar.

—No seré yo—exclamó J. T. Maston—quien le vote en las próximas elecciones.

—¡Ni yo!—exclamaron al unísono aquellos belicosos inválidos.

—En cualquier caso, y para concluir—repuso J. T. Maston—, si no encuentro ocasión para ensayar mi nuevo obús sobre un auténtico campo de batalla, presentaré mi dimisión al Gun-Club, y me sepultaré en las profundidades del Arkansas.

—Le seguiremos todos—respondieron a coro los interlocutores del audaz J. T. Maston.

Tal era la situación. La exasperación de los ánimos iba en aumento, y el Club se hallaba amenazado ya de próxima disolución, cuando sobrevino un acontecimiento inesperado que impidió tan dolorosa catástrofe.

Al día siguiente, todos los miembros de la sociedad recibieron una circular redactada en los siguientes términos:

> Baltimore, 3 de octubre.
> El presidente del Gun-Club tiene el honor de avisar a sus colegas de que en la sesión del día 5 de los corrientes se les remitirá una comunicación de la mayor importancia, por lo que se les ruega no dejen de faltar a la cita.
>
> Su afectísimo colega
> IMPEY BARBICANE, P. G. C.

2

La comunicación del presidente Barbicane

El 5 de octubre, a las ocho de la noche, una multitud compacta se apiñaba en los salones del Gun-Club, en 21, Union-Square. Todos los miembros de la sociedad residentes en Baltimore habían acudido a la cita con su presidente, mientras los socios correspondientes desembarcaban por centenares en los trenes que llegaban a las estaciones de la ciudad, sin que, por grande que fuese la capacidad de la sala de sesiones, pudiesen caber todos en ella. De modo que aquella asamblea de expertos invadía las salas próximas, los corredores y hasta los vestíbulos exteriores, donde se congregaba un enorme gentío inmenso, deseoso de conocer la importante comunicación del presidente Barbicane. Unos y otros, se empujaban y atropellaban y se aplastaban mutuamente con esa libertad de acción característica de los pueblos educados en las ideas del *self governement*.

Cualquier extranjero que se hubiese encontrado aquella noche en Baltimore no hubiese conseguido a fuerza de dinero entrar en el gran salón, exclusivamente reservado a los miembros residentes o correspondientes, sin que nadie más pudiera ocupar en él plaza. Incluso los notables de la ciudad, los magistrados del consejo de los *selectem* habían tenido que mezclarse con la turba de sus administrados para captar al vuelo las noticias procedentes del interior.

La gran sala ofrecía a la vista un espectáculo inenarrable. Aquel amplio local estaba maravillosamente adecuado a su destino. Las columnas, formadas por cañones superpuestos que tenían como pedestal grandes morteros, sostenían la esbelta armazón de la bóveda, verdadero encaje de hierro fundido, admirablemente recortado. Panoplias de trabucos, retacos, arcabuces, carabinas y todas las armas de fuego, antiguas y modernas, cubrían las paredes, entrelazándose de una manera pintoresca. La luz del gas brotaba profusamente de un millar de revólveres dispuestos en forma de lámparas. Completaban tan espléndido alumbrado arañas de pistolas y candelabros formados con fusiles artísticamente unidos. Los modelos de cañones, las muestras de bronce, los blancos acribillados a balazos, las planchas destruidas por el choque de las balas del Gun-Club, el surtido de baquetas y escobillones, los rosarios de bombas, los collares de proyectiles, las coronas de granadas… En una palabra, todos los útiles de la artillería fascinaban por su asombrosa disposición y hacían presumir que su verdadero destino era más descorativo que mortífero.

En el puesto de preferencia, en una espléndida vitrina, se veía un trozo de recámara rota y torcida por efecto de la pólvora, preciosa reliquia del cañón de J. T. Maston.

El presidente, con dos secretarios a cada lado, ocupaba en uno de los extremos del salón un ancho espacio entarimado. Su sillón, levantado sobre una cureña laboriosamente tallada, tenía las formas macizas de un mortero de treinta y dos pulgadas, que apuntaba con un ángulo de noventa grados, y estaba suspendido de dos pibotes, que permitían al presidente columpiarse como si estuviera en una hamaca. Sobre la mesa —una gran plancha de hierro sostenida por seis obuses— se veía un tintero hecho con una bala de cañón admirablemente cincelada, y un timbre que se disparaba estrepitosamente, como un revólver. Durante las acaloradas discusiones, esta original campanilla no bastaría para contener las voces de aquella legión de artilleros.

Delante de la mesa presidencial, los bancos formaban trincheras y parapetos; todos sus asientos estaban ocupados. No había duda de que los miembros del Gun-Club esperaban algo extraordinario.

Impey Barbicane era un hombre de unos cuarenta años, sereno, frío, austero, con un carácter serio y reconcentrado. Exacto como un cronómetro, de temperamento a toda prueba, tenía una tenacidad inquebrantable. Por lo demás, era un aventurero siempre dispuesto a llevar a la práctica los proyectos más temerarios.

Era un buen ejemplar de Nueva Inglaterra, un hombre típico del Norte, un descendiente de aquellos Cabezas Redondas tan funestos para los Estuardo, e implacable enemigo de los aristócratas del sur, los antiguos caballeros de la madre patria. Barbicane era, en una palabra, un perfecto yanqui.

Había amasado una fortuna considerable comerciando con madera. Había sido nombrado jefe de artillería durante la guerra y se manifestó fecundo en invenciones y, audaz en ideas, contribuyendo poderosamente al progreso del arma, dando a la investigación experimental un considerable desarrollo.

De mediana estatura, por una rara excepción en el Gun-Club, conservaba intactos todos los miembros. Sus facciones parecían trazadas con carbón y tiralíneas, y si es cierto que para adivinar los sentimientos de un hombre hay que mirar su perfil, Barbicane, ofrecía los rasgos más inequívocos de energía, audacia y sangre fría.

En aquel momento permanecía inmóvil en su sillón, mudo, medita-

El presidente Impey Barbicane.

bundo, con la mirada en la lejanía y el rostro, medio oculto por un enorme sombrero, ese cilindro de seda negra que parece hecho exclusivamente para cráneos americanos.

A su alrededor, sus colegas conversaban con estrépito. Se interrogaban, hacían toda clase de cábalas, escrutaban a su presidente, y procuraban en vano despejar las incógnitas de su imperturbable actitud.

Al dar las ocho en el reloj fulminante del gran salón, Barbicane, como impelido por un resorte, se levantó de pronto. Reinó un silencio general y el orador, con bastante énfasis, tomó la palabra en los siguientes términos:

—Sufridos colegas: ha transcurrido mucho tiempo ya desde que una paz infecunda condenó a los miembros del Gun-Club a una lamentable ociosidad. Tras un período de algunos años tan repleto de incidentes, nos vimos obligados a abandonar nuestros trabajos y hacer un alto en la senda del progreso. Lo proclamo sin miedo y en voz alta: toda guerra que nos obligase a empuñar de nuevo las armas sería acogida con frenético entusiasmo.

—¡Sí, la guerra!—exclamó el impetuoso J. T. Maston.

—¡Silencio!—gritaron desde todos los rincones.

—Pero en las actuales circunstancias la guerra es imposible, y aunque otro sea el deseo de mi distinguido colega, pasarán muchos años antes de que nuestros cañones vuelvan al campo de batalla. Por tanto, es preciso tomar una resolución y buscar una salida a la actividad que nos devora.

La asamblea extremó su atención, comprendiendo que su presidente iba a abordar el tema más delicado.

—Ilustres colegas, hace algunos meses me planteé si, sin apartarnos de nuestra especialidad, podríamos acometer una empresa digna del siglo XIX, y si los progresos de la balística nos permitirían salir triunfantes de nuestro empeño. Por tanto, he analizado el plan que me propuse, lo he estudiado a fondo, y el resultado de mis estudios ha sido la absoluta convicción de que el éxito coronará nuestro trabajo, encaminado a la consecución de un plan que en cualquier otro país sería irrealizable. Este proyecto, municiosamente elaborado, va a ser el objeto de mi comunicación. Es un proyecto digno de vosotros, digno del pasado del Gun-Club, y que sin duda meterá mucho ruido en todo el mundo.

—¿Mucho ruido?—preguntó un artillero entusiasmado.

—Mucho ruido. En la verdadera acepción de la palabra—respondió Barbicane.

—¡Silencio!—repitieron muchas voces.

17

—Por consiguiente, dignos colegas, os ruego prestéis mucha atención.

Un estremecimiento recorrió la asamblea. Barbicane, asegurándose con un movimiento rápido su sombrero, continuó su exposición con voz tranquila:

—No hay ninguno entre vosotros, beneméritos colegas, que no haya visto la Luna, o que, por lo menos no haya oído hablar de ella. No os asombréis si vengo aquí a hablaros del astro de la noche. Acaso nos esté reservada la gloria de ser los colonizadores de ese mundo desconocido. Comprendedme, apoyadme con todo vuestro poder, y os conduciré a su conquista, para que su nombre se una al de los treinta y seis Estados que integran este gran país que es la Unión.

—¡Viva la Luna!—gritaron los miembros del Gun-Club, aunando todas sus voces.

—Mucho se ha estudiado la Luna. Su masa, su densidad, su peso, su volumen, su constitución, sus movimientos, su distancia de la Tierra... El papel que desempeña en el sistema solar... Todo está perfectamente determinado. Se han trazado mapas lunares de una perfección igual, si no superior, a la de la cartografía terrestre, habiendo conseguido la fotografía paisajes de nuestro satélite de una belleza incomparable. En una palabra, de la Luna se conoce todo lo que las ciencias matemáticas, la astronomía, la geología y la óptica pueden saber; pero hasta ahora no se ha establecido comunicación directa con ella.

Un vivo murmullo de interés y de sorpresa subrayó la frase del orador. Y este prosiguió:

—Deseo recordaros en pocas palabras de qué manera ciertas mentes febriles, embarcándose en viajes imaginarios, han intentado penetrar los secretos de nuestro satélite. En el siglo XVII, un tal David Fabricius se vanaglorió de haber visto con sus propios ojos a los habitantes en la Luna. En 1649, un francés llamado Jean Beudoin publicó *Viaje al mundo de Luna realizado por Domingo González, aventurero español*. En esa misma época, Cyrano de Bergerac publicó la célebre expedición que tanto éxito obtuvo en Francia. Más adelante, otro francés —los franceses se ocupan mucho de la Luna— llamado Fontanelle, escribió la *Pluralidad de los mundos* obra maestra en su tiempo. Pero la ciencia, en su desarrollo, destruye hasta las obras maestras. Hacia 1835, un opúsculo traducido del *New-York American* nos informaba de que sir John Herschell, enviado al Cabo de Buena Esperanza para ciertos estudios astronómicos, consiguió, empleando un telescopio perfeccionado acercar la Luna a una distancia de ochenta yardas. De este modo pudo observar con nitidez la existencia de cavernas en que vivían hipopótamos, verdes montañas con franjas de encaje de oro, carneros con cuernos de marfil, corzos blancos y habitantes dotados de alas membranosas, como las de los murciélagos. Aquel folleto, obra de un americano llamado Lock, alcanzó un éxito prodigioso. Pero luego se reconoció que todo era una superchería. Fueron los franceses los primeros que se rieron.

—¡Reírse de un americano! —exclamó J. T. Maston—¡*Casus belli!*

—Tranquilícese mi digno amigo: antes de reírse de nuestro compatriota, los franceses habían caído en la trampa que él les tendió, haciéndoles comulgar con ruedas de molino. Para terminar esta somera reseña histórica, añadiré que Hans Pfaal, de Rotterdam, ascendiendo en un globo lleno de un gas extraído del ázoe, treinta y siete veces más ligero que el hidrógeno, alcanzó la Luna después de un viaje de diecinueve días. También este viaje fue imaginario, y obra de un escritor muy popular en América, de un ingenio extraño y visionario: Edgar Poe.

—¡Viva Edgar Poe!—gritó la asamblea, arrebatada por las palabras de su presidente.

—Nada más digno que esas tentativas puramente literarias, pero insuficientes para establecer relaciones formales con el astro de la noche. Debo añadir que algunos espíritus prácticos trataron de ponerse en comunicación con él. Hace años, un geómetra alemán propuso enviar una comisión de sabios a los páramos de Siberia. En aquellas vastas llanuras, podrían trazarse gigantescas figuras geométricas, dibujadas por medio de reflectores luminosos, entre otras el cuadrado de la hipotenusa. El sabio alemán pensaba que «todo ser inteligente comprenderá el objeto científico de esta figura. Los selenitas, si existen, responderán con una figura semejante y, una vez establecida la comunicación, será fácil crear un alfabeto que permita conversar con los habitantes de la Luna». Pero su proyecto no se llevó a cabo, y hasta ahora no hay vínculo directo alguno entre la Tierra y su satélite. Está reservado al genio práctico de los norteamericanos ponerse en relación con el mundo sideral. El medio para alcanzar un resultado tan importante es sencillo, fácil, seguro, infalible,… y va a ser objeto de mi disertación.

Una tempestad de exclamaciones acogió sus palabras. Entre los asistentes no hubo uno solo que no se sintiese cautivado, arrastrado, arrebatado por las palabras del orador.

—¡Atención! ¡Silencio!—gritaron por todas partes.

Recuperada la calma, Barbicane reanudó su interrumpido discurso con voz más solemne.

—Conocéis perfectamente los progresos que ha hecho la balística de algunos años a esta parte, y a qué grado de perfección hubieran llegado las armas de fuego si la guerra hubiese continuado. La resistencia de los cañones y el poder expansivo de la pólvora son ilimitados. Pues bien, partiendo de este principio, me he planteado si, por medio del adecuado instrumento, establecido en condiciones predeterminadas de resistencia, sería posible enviar un proyectil a la Luna.

Un grito de asombro escapó de mil pechos anhelantes, al oír tales palabras. Luego se produjo un momento de silencio, semejante a la profunda calma que precede a las grandes tempestades. Y, en efecto, de inmediato se desató una tempestad de aplausos, gritos y clamores que hizo temblar el salón de sesiones. El presidente trataba de hablar y no podía. No consiguió hacerse oír hasta pasados diez minutos.

—Dejadme concluir. He examinado la cuestión en todos sus aspectos, la he analizado a fondo, y de mis cálculos irrefutables resulta que todo proyectil dotado de una velocidad inicial de 12.000 yardas por segundo, y dirigido a la Luna, llegará necesariamente a ella. Tengo, pues, distinguidos colegas, el honor de proponer que intentemos este pequeño experimento.

3

El efecto de la comunicación de Barbicane

Es imposible describir el efecto que tuvieron las últimas palabras del ilustre presidente. ¡Qué gritos! ¡Qué alboroto! ¡Qué sucesión de vítores! Aquello era un caos, una barahúnda indescriptible. Las bocas gritaban, las manos aplaudían, los pies hacían temblar el suelo. Todas las armas de aquel museo de artillería, disparadas a la vez, no hubieran agitado con más violencia la atmósfera. (No es extraño: hay artilleros que retumban tanto como sus cañones.)

Barbicane permanecía tranquilo en medio de aquel clamor enfervorizado. Era evidente que deseaba dirigir aún algunas palabras a sus colegas, pues sus gestos reclamaban silencio y su timbre fulminante se agotó a fuerza de detonaciones. Pero ni siquiera se le oyó. Fue arrancado inmediatamente de su asiento y, a hombros, pasó de las manos de sus fieles camaradas a los brazos de una muchedumbre no menos entusiasta.

No hay nada que sorprenda a un norteamericano. Se ha repetido con frecuencia que la palabra *imposible* no es francesa, pero quienes así lo creen se han confundido de diccionario. En América todo es fácil, todo es sencillo y, por lo que se refiere a dificultades mecánicas, todas mueren antes de nacer. Entre el proyecto de Barbicane y su realización no había un verdadero yanqui que se permitiese entrever una dificultad. Dicho y hecho.

El paseo triunfal del presidente se prolongó hasta muy entrada la noche, constituyendo una verdadera marcha a la luz de innumerables antorchas. Irlandeses, alemanes, franceses, escoceses…, todos los individuos heterogéneos que componen la población de Maryland gritaban en su lengua materna, y vítores, hurras y bravos se mezclaban en un confuso estrépito.

Y la Luna, como si hubiese comprendido que era la aludida, brillaba entonces con toda su serena magnificencia, eclipsando con su intenso resplandor las luces de las estrellas a su alrededor. Todos los norteamericanos dirigían su mirada al centelleante disco. Algunos la saludaban con la mano, otros se dirigían a ella con palabras un tanto cursis, otros la medían con la mirada, y otros aún la amenazaban con el puño. En las cuatro horas que van de las ocho a las doce de aquella noche, un óptico de Jonets-Fall labró su fortuna vendiendo anteojos. El astro de la noche era contemplado con avidez, como si fuese una bellísima mujer y los norteamericanos empezaron a hablar de él como si fuesen sus propietarios. Parecía como si la casta Diana perteneciese ya a aquellos audaces conquistadores y formase parte del territorio de la Unión. Y sin embargo, no se trataba más que de enviarle un proyectil, manera bastante brutal de establecer relaciones, aunque sea con un satélite, pero muy al uso entre las naciones civilizadas.

Acababan de dar las doce y el entusiasmo no decaía. De él participaban por igual todos los estratos de la población. El magistrado, el sabio, el hombre de negocios, el mercader, el mozo de carga, las personas inteligentes y las gentes ingenuas… todos se sentían tocados en su fibra más sensible: se trataba de una empresa común, nacional. Todos hablaban, analizaban, discutían, asentían, aplaudían… los ricos arellanados en muelles sofás, ante sus copas de *sherry cobbler,* los pobres, en las tenebrosas tabernas de Fells-Point.

Sólo a eso de las dos fue cediendo la conmoción. El presidente Barbicane pudo volver a su casa, el traje ajado, quebrantado, molido. Ni Hércules hubiera podido resistir un entusiasmo semejante. La multitud

fue vaciando poco a poco plazas y calles, y los trenes de Ohío, de Sus-
quehanna, de Filadelfia y de Washington, que convergen en Baltimore,
devolvieron a la gente a los cuatro puntos cardinales de Estados Unidos.
La ciudad recobró una relativa tranquilidad.

Se equivocaría el que creyese que aquella memorable noche la agitación quedó circunscrita a Baltimore. Las grandes ciudades de la Unión,
Nueva York, Boston, Albany, Washington, Richmond, Crescent-City,
Charleston, Mobile... Desde Texas a Massachusetts, desde Michigan a
Florida, todas participaron en aquel frenesí. Los treinta mil corresponsa-
les del Gun-Club habían recibido la carta de su presidente y aguardaban
con igual impaciencia la famosa comunicación del 5 de octubre. Aquella
misma noche, casi a medida que salían de sus labios, las palabras del orador, circulaban por los hilos telegráficos que recorren en todos sentidos
Estados Unidos, a una velocidad de 248.447 millas por segundo.

De modo que se puede decir sin temor a equivocación que Estados
Unidos de América, un país diez veces mayor que Francia, lanzó al mismo
tiempo, en el mismo instante, un solo grito de entusiasmo y que veinticinco millones de corazones, rebosantes de orgullo, palpitaron al unísono.

Al día siguiente, mil quinientos periódicos se abalanzaron sobre el
asunto, y lo analizaron bajo sus diferentes aspectos físicos, meteorológi-
cos, económicos y morales, e incluso desde el punto de vista de la pre-
ponderancia política y de su influencia civilizadora. Algunos se pregun-
taban si la Luna era un mundo acabado, incapaz de experimentar ya
transformación alguna. ¿Se parecería a la Tierra durante los tiempos en
que no había atmósfera? ¿Qué espectáculo presentaría la cara oculta de
nuestro satélite?

Si bien se trataba tan sólo, de enviar una bala al astro nocturno, todos
lo contemplaban como el punto de partida de una serie de experimentos;
todos esperaban que Norteamérica conseguiría desvelar los últimos secretos de aquel misterioso disco, y algunos especulaban incluso con las sig-
nificativas transformaciones que su conquista produciría en el equilibrio
europeo.

Analizado el proyecto, no hubo un solo periódico que dudase de su
realización. Los coleccionables, los folletos, las gacetas y los boletines,
publicados por las sociedades científicas, literarias o religiosas, quisieron
resaltar sus ventajas, y la Sociedad Americana de las Ciencias y las Artes
de Albany, la Sociedad de Geografía y Estadística de Nueva York, la
Sociedad de Historia Natural de Boston, la Sociedad Filosófica Ameri-

cana de Filadelfia y el Instituto de Washington enviaron mil cartas de felicitación al Gun-Club, con ofrecimientos inmediatos de apoyo y dinero.

Nunca proposición alguna había conseguido adhesiones tan numerosas. No hubo inquietud, vacilación o duda alguna. En cuanto a las caricaturas y las canciones satíricas que hubiera desatado en Europa —y particularmente en Francia— la idea de enviar un proyectil a la Luna, de producirse, hubieran merecido un general rechazo: hay cosas de las que nadie se burla en el Nuevo Mundo.

Barbicane fue desde aquel día uno de los más eximios ciudadanos de Estados Unidos, algo así como el Washington de la ciencia, y un ejemplo de los muchos que podríamos citar bastará para mostrar a qué punto llegó la devoción que a todo un pueblo merecía aquel nombre. Días después de la famosa asamblea del Gun-Club, el director de una compañía inglesa de cómicos anunció en el teatro de Baltimore la representación de *Mucho ruido y pocas nueces*. Pero los habitantes de la ciudad, viendo en este título una malévola alusión a los proyectos del presidente Barbicane, invadió el teatro, destrozó el mobiliario y obligó a variar su cartel al desdichado director, el cual, hombre astuto, inclinándose ante la voluntad pública, reemplazó la malhadada comedia por la titulada *Como gustéis,* que durante muchas semanas le valió un lleno completo.

4

La respuesta del Observatorio de Cambridge

En medio de todas las alabanzas, Barbicane no perdió un solo instante. Lo primero que hizo fue reunir a sus colegas en el salón de conferencias del Gun-Club, donde, después de una sesuda discusión, se convino en consultar a los astrónomos acerca de los aspectos astronómicos de la empresa. Conocida la respuesta, se pasaría a analizar los medios técnicos y mecánicos, sin descuidar ni los extremos más insignificantes para asegurar el éxito del gran proyecto.

De modo que se redactó y se envió al Observatorio de Cambridge, en Massachusetts, una nota muy precisa que contenía una serie de preguntas específicas. La ciudad de Cambridge, en que se fundó la primera Universidad de Estados Unidos, es célebre por su observatorio astronómico. Allí se encuentran reunidos sabios de gran valía, y allí funciona el poderoso anteojo que permitió a Bond desmenuzar en estrellas la nebulosa Andrómeda, y a Clarke descubrir el satélite de Sirio. Aquella célebre institución tenía, por consiguiente, numerosísimos títulos que justificaban la confianza del Gun-Club.

Dos días después, la respuesta, esperada con tanta impaciencia, llegó a manos del presidente Barbicane.

Estaba redactada en los siguientes términos:

El director del Observatorio de Cambridge al presidente del Gun-Club, en Baltimore.

Cambridge, 7 de octubre,

Al recibir vuestra carta del 6 de los corrientes, dirigida al Observatorio de Cambridge en nombre de los miembros del Gun-Club de Baltimore, nuestra junta directiva se ha reunido en el acto, y ha resuelto responder lo que sigue.

Las preguntas que se le dirigen son:

1.ª ¿Es posible enviar un proyectil a la Luna?

2.ª ¿Cuál es la distancia exacta que separa a la Tierra de su satélite?

3.ª ¿Cuál será la duración del trayecto del proyectil, dándole una velocidad inicial suficiente y, por consiguiente, en qué momento preciso deberá dispararse para que encuentre a la Luna en un punto determinado?

4.ª ¿En qué momento exacto se encontrará la Luna en la posición más favorable para que el proyectil la alcance?

5.ª ¿A qué punto del cielo se deberá apuntar el cañón destinado a lanzar el proyectil?

6.ª ¿Cual será la situación de la Luna en el cielo en el momento de partir el proyectil?

Acerca de la primera pregunta: —¿Es posible enviar un proyectil a la Luna?

Sí, es posible enviar un proyectil a la Luna, si a este proyectil se le diese una velocidad inicial de 12.000 yardas por segundo. El cálculo demuestra que esta velocidad sería suficiente. A medida que se aleja de la Tierra, la acción del peso disminuirá en razón inversa del cuadrado de las distancias, es decir, que para una distancia tres veces mayor esta acción será nueve veces más débil. En consecuencia, el peso de la bala disminuirá rápidamente, y se anulará completamente en el

Se redactó y se envió al Observatorio de Cambridge.

momento de quedar equilibrada la atracción de la Luna con la Tierra. En este momento el proyectil carecerá de peso, y si salva dicho punto, caerá sobre la Luna por el solo efecto de la atracción lunar. La posibilidad teórica del experimento queda, pues, absolutamente demostrada, dependiendo únicamente su éxito de la potencia del lanzador empleado.

Acerca de la segunda pregunta: —¿Cuál es la distancia exacta que separa a la Tierra de su satélite?

La Luna no describe alrededor de la Tierra una circunferencia, sino una elipse, de la cual nuestro planeta ocupa uno de los focos. Por consiguiente, la Luna se encuentra a veces más cerca, y a veces más lejos de la Tierra, o hablando en términos técnicos, a veces en su apogeo y a veces en su perigeo. La diferencia es bastante considerable. En su apogeo, la Luna se encuentra a 247.552 millas, y en su perigeo a 218.657 millas, lo que da una diferencia de 28.895 millas en cuanto al trayecto que el proyectil habría de recorrer. La distancia a la Luna en su perigeo es, por tanto, la que debe servir de base para los cálculos.

Acerca de la tercera pregunta: —¿Cuál será la duración del trayecto del proyectil, dándole una velocidad inicial suficiente y, por consiguiente, en qué momento preciso deberá dispararse para que encuentre a la Luna en un punto determinado?

Si la bala conservase indefinidamente la velocidad inicial de 12.000 yardas por segundo que se le hubiese dado al partir, no tardaría más que unas nueve horas en llegar a su destino; pero como esta velocidad inicial va disminuyendo continuamente, un cálculo riguroso indica que el proyectil tardará trescientos mil segundos (ochenta y tres horas y veinte minutos) en alcanzar el punto en que se hallen en equilibrio las atracciones terrestre y lunar, y desde dicho punto caerá sobre la Luna en cincuenta mil segundos (trece horas, cincuenta y tres minutos y veinte segundos). Por consiguiente, habrá de ser disparado noventa y siete horas, trece minutos y veinte segundos antes de la llegada de la Luna al punto al que se haya dirigido el tiro.

Acerca de la cuarta pregunta: —¿En qué momento exacto se encontrará la Luna en la posición más favorable para que el proyectil la alcance?

Después de lo ya expuesto, es evidente que debe elegirse el período en que la Luna se halle en su perigeo y, al mismo tiempo, el momento en que pase por el cenit, lo que disminuirá el trayecto en una distancia igual al radio terrestre

(3.919 millas), de manera que el trayecto definitivo será de 214.966 millas. Ahora bien, aunque la Luna pasa todos los meses por su perigeo, no siempre en ese momento se encuentra en su cenit: no reúne en estas dos condiciones salvo a muy largos intervalos. Será, preciso esperar el momento de coincidencia entre perigeo y cenit. Por una feliz circunstancia, el 4 de diciembre del año próximo la Luna cumplirá estas dos condiciones: a las doce de la noche se hallará en su perigeo, es decir, a la menor distancia de la Tierra, y al mismo tiempo pasará por el cenit.

Acerca de la quinta pregunta:—¿A qué punto del cielo se deberá apuntar el cañón destinado a lanzar el proyectil?

Si se cumplen las indicaciones precedentes, el cañón deberá apuntarse al cenit del lugar en que se realice el experimento, de manera que el tiro sea perpendicular al plano del horizonte, y así el proyectil se librará antes de los efectos de la atracción terrestre. Pero para que la Luna alcance el cenit de un punto, será preciso que la latitud de dicho punto no sea más alta que la declinación del astro; en otros términos: que el punto no se encuentre comprendido entre cero y veintiocho grados de latitud norte o sur. En cualquier otro punto, el tiro tendría que ser necesariamente oblicuo, lo que impediría el buen resultado del experimento.

Acerca de la sexta pregunta: ¿Cuál será la situación de la Luna en el cielo en el momento de partir el proyectil?

En el momento de lanzar la bala al espacio, la Luna, que avanza diariamente trece grados, diez minutos y treinta y cinco segundos, deberá encontrarse alejada del punto cenital cuatro veces esta distancia, es decir, cincuenta y dos grados, cuarenta y dos minutos y veinte segundos, que corresponde a la distancia que cubrirá mientras dure el recorrido del proyectil. Pero, como es necesario tener también en cuenta la desviación que experimentará la bala en virtud del movimiento de rotación de la Tierra, y dado que la bala no llegará a la Luna sino después de haber sufrido una desviación igual a dieciséis radios terrestres —que, contados en la órbita de la Luna, son unos once grados—, se deben añadir éstos a los que expresan el retraso de la Luna, ya indicado, es decir, sesenta y cuatro grados. Así, pues, en el momento del disparo, la línea imaginaria entre el cañón y la Luna formará con la vertical del punto en que se realice el experimento un ángulo de sesenta y cuatro grados.

Estas son las respuestas que ofrece el Observatorio de Cambridge a las preguntas de los miembros del Gun-Club.

En resumen:

1.º El cañón deberá situarse en un lugar situado entre el ecuador y el grado veintiocho de latitud norte o sur.

2.º Deberá apuntarse al cenit del punto de disparo.

3.º El proyectil deberá tener una velocidad inicial de alrededor de 2.000 yardas por segundo.

4.º Deberá dispararse el 1 de diciembre del año próximo, a las once menos trece minutos y veinte segundos.

5.º Llegará a la Luna cuatro días después de su partida, el 4 de diciembre, a las doce de la noche en punto, en el momento de alcanzar el cenit.

Por tanto, los miembros del Gun-Club deben emprender sin pérdida de tiempo los trabajos que precisa su empresa y hallarse dispuestos a actuar en el momento determinado, pues si dejan pasar el 4 de diciembre, la Luna no se encontrará en las mismas condiciones de perigeo y cenit hasta que hayan transcurrido dieciocho años y once días.

La Junta directiva del Observatorio de Cambridge se pone enteramente a disposición del Gun-Club para las cuestiones de astronomía teórica y une por la presente sus felicitaciones a las de toda América.

Por la Junta,

J. M. Belfast,
Director del Observatorio de Cambridge.

5

La novela de la Luna

Un observador dotado de una visión infinitamente penetrante y colocado en ese centro desconocido a cuyo alrededor gravita el universo, habría visto en la época en que el universo era un caos miríadas de átomos que poblaban el espacio. Pero poco a poco, con el paso de siglos y siglos, se produjo una variación, y se manifestó una ley de atracción a la cual se subordinaron los átomos hasta entonces errantes. Los átomos se combinaron químicamente según sus afinidades, se hicieron moléculas y formaron esas acumulaciones nebulosas de las que están sembradas las profundidades del cielo.

Más tarde, un movimiento de rotación alrededor de su punto central animó a tales acumulaciones y el centro formado de moléculas difusas empezó a girar alrededor de sí mismo, condensándose progresivamente. Además, siguiendo leyes inmutables de mecánica, a medida que por la condensación disminuía su volumen, su movimiento de rotación se aceleraba, de lo que resultó una estrella principal, centro de las acumulaciones nebulosas.

Observando con atención, el observador hubiera percibido que las restantes moléculas de la acumulación se comportaban como la estrella central y, condensándose de igual forma, por un movimiento de rotación daba lugar a innumerables estrellas. La nebulosa estaba formada. En la actualidad, los astrónomos tienen catalogadas cerca de cinco mil nebulosas.

Entre ellas hay una que los hombres han dado en llamar *Vía Láctea*. Contiene dieciocho millones de estrellas, siendo cada una de ellas el centro de un sistema.

Si el observador se hubiese detenido a contemplar especialmente uno de aquellos dieciocho millones de astros —uno de los más modestos y menos brillantes—, una estrella de cuarto orden, el Sol, todos los fenómenos a que se debe la formación del universo hubieran pasado sucesivamente ante sus ojos.

Hubiera visto que el Sol, en estado gaseoso aún y compuesto de moléculas inestables, giraba sobre su propio eje para consumar su trabajo de concentración. Este movimiento sometido a las leyes de la mecánica, se hubiese acelerado al reducirse su volumen, y hubiera llegado un momento en que la fuerza centrífuga prevaleciese sobre la centrípeta, que tiende a impulsar las moléculas hacia el centro.

Entonces a la vista del observador se habría ofrecido otro fenómeno: las moléculas situadas en el plano del ecuador, escapándose como la piedra de una honda que se rompe súbitamente, habrían formado alrededor del Sol varios anillos concéntricos, semejantes a los de Saturno. Aquellos anillos de materia cósmica, dotados a su vez de un movimiento de rotación alrededor de la masa central, se habrían roto y descompuesto en nebulosidades secundarias, es decir, en planetas.

Si el observador hubiese centrado entonces toda su atención en estos planetas, les habría visto comportarse exactamente como el Sol y dar nacimiento a uno o más anillos cósmicos, orígenes de esos astros de orden inferior que se llaman satélites.

De esta forma, pasando en la línea ascendente del átomo a la molécula, de la molécula a la acumulación, de la acumulación a la nebulosa, de la nebulosa a la estrella principal, de la estrella principal al Sol, del Sol al planeta y del planeta al satélite, aparecen todas las transformaciones experimentadas por los cuerpos celestes desde los primeros días del mundo.

El Sol parece perdido en las inmensidades del mundo estelar, pero según las teorías vigentes está subordinado a la nebulosa de la Vía Láctea. Centro de un mundo, aunque parezca tan pequeño en medio de las regiones celestiales, es, sin embargo, enorme, pues su volumen es cuatrocientas mil veces mayor que el de la Tierra. En torno suyo, gravitan ocho planetas, salidos de sus mismas entrañas en los albores de la creación. Estos planetas son, por orden de proximidades, Mercurio, Venus, Tierra, Marte, Júpiter, Saturno, Urano y Neptuno. Además, entre Marte y Júpiter circulan regularmente otros cuerpos de menos entidad, errantes, tal vez procedentes de un astro hecho pedazos. El telescopio ha identificado ya ochenta y dos.

De estos siervos que el Sol mantiene en su órbita elíptica por la gran ley de la gravitación, algunos poseen también satélites. Urano tiene ocho; Saturno otros tantos; Júpiter, cuatro; Neptuno, tal vez tres; la Tierra uno. Este último, uno de los menos importantes del mundo solar, se llama Luna, y es el que el genio audaz de los norteamericanos pretendía conquistar.

El astro de la noche, por su proximidad relativa y el espectáculo rápidamente renovado de sus diversas fases, compartió con el Sol, desde los primeros días de la Humanidad, la atención de los habitantes de la Tierra. Pero el Sol hiere los ojos al mirarle, y los torrentes de luz que despide obligan a cerrarlos a quienes lo contemplan.

La plácida Phebea o Febe, más humana, se deja ver complaciente en su modesta gracia; agrada a la vista, es poco ambiciosa y, sin embargo, se permite alguna vez eclipsar a su hermano, el radiante Apolo, sin ser nunca eclipsada por él. Los mahometanos, comprendiendo el reconocimiento que debían a esta fiel amiga de la Tierra, la han utilizado para establecer su calendario.

Los primeros pueblos tributaron un culto destacado a esta casta deidad. Los egipcios la llamaban Isis, los fenicios Astarté; los griegos la adoraron con el nombre de Febe, hija de Latona y de Júpiter, y explicaban sus eclipses por las visitas misteriosas de Diana al bello Endimión. Según la mitología griega, el león de Nemea recorrió los campos de la Luna antes de su aparición en la Tierra; y el poeta Agesianax, citado por Plutarco, celebró en sus versos aquella amable boca, la nariz encantadora, los dulces ojos, formados por las partes luminosas de la adorable Selena.

Mas si los antiguos comprendieron a las mil maravillas el carácter, el temperamento, en una palabra, las cualidades morales de la Luna desde el punto de vista mitológico, los más sabios que había entre ellos permanecieron muy ignorantes en selenografía.

Sin embargo, algunos astrónomos de épocas remotas descubrieron ciertas particularidades confirmadas por la ciencia en tiempos más próximos. Los arcadios pretendieron haber habitado la Tierra en una época en que la Luna aún no existía; Simplicio la creyó inmóvil y colgada de la bóveda de cristal; Tasio la consideró como un fragmento desprendido del disco solar; Clearco, el discípulo de Aristóteles, hizo de ella un bruñido espejo en que se reflejaban las imágenes del Océano; otros, en fin, no vieron en ella más que una acumulación de vapores exhalados por la Tierra, o un globo medio helado que giraba sobre sí mismo. Pero algunos sabios, mediante sagaces observaciones, a falta de instrumentos de óptica, sospecharon la mayor parte de las leyes que rigen al astro de la noche.

Así 460 años antes de Jesucristo, Tales de Mileto emitió la opinión de que la Luna estaba iluminada por el Sol. Aristarco de Samos dio la verdadera explicación de sus fases. Cleómenes enseñó que brillaba con una luz reflejada. El caldeo Beroso descubrió que la duración de su movimiento de rotación era igual a la de su movimiento de revolución, y así explicó porqué la Luna presenta siempre la misma faz. Por último, Hiparco, dos siglos antes de la era cristiana, reconoció algunas anomalías en los movimientos aparentes del satélite de la Tierra.

Estas observaciones se confirmaron más adelante, y de ellas sacaron partido nuevos astrónomos. Tolomeo (en el siglo II) y el árabe Abul Wefa (en el siglo X) completaron las observaciones de Hiparco, sobre las anomalías que sufre la Luna siguiendo la línea sinuosa de su órbita, bajo la acción del Sol. Después Copérnico, en el siglo XV, y Tycho Brahe, en el XVI, expusieron completamente el sistema solar, y el papel que desempeña la Luna entre los cuerpos celestes.

Ya en esa época sus movimientos estaban casi determinados, pero de su constitución física se conocía muy poco. Entonces fue cuando Galileo explicó los fenómenos de luz producidos en ciertas fases por la existencia de montañas, a las que atribuyó una altura media de 4.500 toesas. Más tarde, Hevelius, astrónomo de Dantzig, rebajó a 2.600 toesas las mayores alturas, pero su compañero Riccioli las elevó a 7.000.

A finales del siglo XVIII, Herschell, dotado de un potentísimo telescopio, redujo considerablemente las anteriores medidas. Calculó 2.900 toesas para las montañas más elevadas y redujo por término medio las diferentes alturas a tan sólo 400 toesas. Pero Herschell se equivocaba también, y fueron necesarias las observaciones de Schroeter, Louville, Halley, Nashmith, Bianchini, Pastori, Lohrman, Gruithuysen, y sobre todo los minuciosos estudios de Beer y Moedler, para resolver la cuestión de una manera definitiva. Gracias a los mencionados sabios, la elevación de las montañas de la Luna se conoce en la actualidad perfectamente. Beer y Moedler han medido 1.905 montañas, de las cuales seis pasan de 2.600 toesas y 22 pasan de 2.400. La más alta mide 3.301 toesas sobre la superficie media lunar.

Al mismo tiempo se completaba el reconocimiento del disco de la Luna, que aparecía acribillado de cráteres, confirmándose en todas las observaciones su naturaleza esencialmente volcánica. De la falta de refracción en los rayos de los planetas que oculta, se deduce que carece casi absolutamente de atmósfera. Esta carencia de aire supone falta de agua y, por consiguiente, los selenitas, para vivir en semejantes condiciones, deben de tener una organización especial y diferenciarse singularmente de los habitantes de la Tierra.

Por último, gracias a nuevos métodos, instrumentos más perfeccionados registraron ávidamente la Luna, no dejando inexplorado ningún punto en su hemisferio, a pesar de que su diámetro mide 2.150 millas y ser su superficie igual a la treceava parte de la del globo y su volumen cuarenta y nueve veces menor que el de la Tierra. Y los sabios astrónomos profundizaron aún más en sus prodigiosas observaciones.

Notaron que, durante el plenilunio, el disco aparecía en ciertas partes surcado por líneas blancas, y durante las fases, marcado de líneas negras. Estudiando estas líneas con mayor precisión, llegaron a comprender exactamente su naturaleza. Aquellas líneas eran surcos largos y estrechos, abiertos entre bordes paralelos que terminaban generalmente en las márgenes de los cráteres. Tenían una longitud comprendida entre 10 y 100 millas y una anchura de 800 toesas. Los astrónomos las denominaron fallas, pero darles este nombre es todo lo que supieron hacer. En cuanto a establecer si eran lechos secos de antiguos ríos, no pudieron determinarlo de una manera concluyente. Los americanos esperaban poder determinar, con el tiempo, este hecho geológico. Se reservaban igualmente la gloria de reconocer aquella serie de parapetos paralelos, descubiertos en la superficie de la Luna por Gruithuysen, sabio profesor de Munich, que las consideró parte de un sistema de fortificaciones levantadas por los ingenieros selenitas. Estos dos puntos, aún oscuros, y otros sin duda, no podrían aclararse definitivamente sino a través de una comunicación directa con la Luna.

En cuanto a la intensidad de su luz, nada había que aprender, pues ya se sabía que es trescientas mil veces más débil que la del Sol, y que su calor no ejerce en los termómetros ninguna acción apreciable. Respecto del fenómeno conocido con el nombre de *luz cenicienta*, se explica naturalmente por el efecto de los rayos del Sol rechazados de la Tierra a la Luna, que completan, al parecer, el disco lunar, cuando éste se presenta en cuarto creciente o menguante.

Tal era el estado de los conocimientos adquiridos sobre el satélite de la Tierra. El Gun-Club se propuso corregirlos y completarlos desde todos los puntos de vista, tanto desde el astronómico y geológico como del político y el moral.

6

Sobre lo que no se puede dudar y lo que no está permitido creer en Estados Unidos

La propuesta de Barbicane había tenido como resultado inmediato poner sobre el tapete todas las cuestiones relativas al astro de la noche. Todos los ciudadanos de la Unión se dieron a estudiarlas asiduamente. Parecía como si fuese la primera vez que la Luna aparecía en el horizonte y que nadie hasta entonces la hubiera visto en el cielo. Se puso de moda. Era el tema de todas las conversaciones, sin menoscabo de su modestia, y asumió sin envanecerse un puesto de preferencia entre las *estrellas*. Los periódicos recordaron antiguas noticias en que el *Sol de los lobos* figuraba como protagonista; destacaron la influencia que le atribuía la ignorancia en la antigüedad; la cantaron en todos los tonos, y poco faltó para que citasen de ella algunas frases ingeniosas. Toda América fue acometida por una contagiosa selenomanía.

Las revistas científicas debatieron especialmente los extremos relacionados con la empresa del Gun-Club, y publicaron, aprobándola sin reservas, la carta del Observatorio de Cambridge.

Nadie, ni el más lego de los norteamericanos, podía ignorar ni uno sólo de los hechos relativos al satélite, ni se hubiera tolerado que las viejas solteronas de menos seso hubiesen admitido supersticiosos errores sobre el tema. La ciencia llegaba a todas partes de todas las formas imaginables: entraba por los oídos, por los ojos, por todos los sentidos; en una palabra: era imposible ser un asno... en astronomía.

Hasta entonces, la mayoría ignoraba cómo se podía calcular la distancia que separa la Luna de la Tierra. Los sabios aprovecharon las circunstancias para enseñar hasta a los más torpes que la distancia se obtenía midiendo el paralaje de la Luna. Y si la palabra *paralaje* les resultaba desconocida, explicaban que es el ángulo formado por dos líneas rectas que teniendo a la Luna como origen, son tagentes a cada una de las extremidades del radio terrestre. Y si alguien dudaba de la perfección del cálculo, se le demostraba inmediatamente que en esta distancia media, que era de 234.347 millas, los astrónomos no admitían un error de más de 70 millas.

A quienes no estaban familiarizados con los movimientos de la Luna, los periódicos les explicaban todos los días que la Luna posee dos movimientos distintos, el primero llamado de rotación, alrededor de su eje, y el segundo, llamado de revolución, alrededor de la Tierra, verificándose los dos en igual período de tiempo, es decir, veintisiete días y un tercio.

El movimiento de rotación es el que crea el día y la noche en la superficie de la Luna, pero no hay más que un día y una noche en cada mes lunar, durando cada uno trescientas cincuenta y cuatro horas y un tercio. El hemisferio que mira al globo terrestre está alumbrado por éste con una intensidad igual a la luz de catorce Lunas. En cuanto al otro hemisferio, siempre oculto, tiene, como es natural, trescientas cincuenta y cuatro horas de una noche absoluta, algo atemperada por la pálida claridad que procede de las estrellas. Este fenómeno se debe únicamente a que los movimientos de rotación y revolución se verifican en un período de tiempo rigurosamente igual, fenómeno común, según Casini y Hers, a los satélites de Júpiter.

Algún individuo muy aplicado, pero de inteligencia algo corta, quizá no llegase a comprender fácilmente que, si la Luna presentaba invariablemente la misma faz a la Tierra durante su revolución, esto fuese debido a que en el mismo período de tiempo describía una vuelta alrededor de sí misma. A esto se le decía: «Vete a tu comedor, da una vuelta alrededor de la mesa mirando siempre su centro, y cuando hayas concluido tu recorrido circular, habrás dado una vuelta alrededor de ti mismo, puesto que tu vista habrá recorrido sucesivamente todos los puntos del comedor. Pues bien: el comedor es el cielo, la mesa es la Tierra, y tú eres la Luna».

Y el aludido quedaba muy satisfecho de la explicación.

Decíamos que la Luna presenta constantemente el mismo hemisferio a la Tierra, si bien, para hablar con toda exactitud, debemos añadir que, a consecuencia de cierto balanceo de norte a sur y de oeste a este llamado *libración,* se deja ver un poco más de la mitad de su disco, cincuenta y siete centésimas partes de él.

Explicado a los que lo ignoraban el movimiento de rotación de la Luna, las revistas científicas también dieron toda clase de datos sobre el de traslación. Los que no eran duchos en la materia aprendieron que el firmamento, con su multitud de estrellas, puede considerarse una inmensa esfera de reloj, por la que la Luna se pasea indicando la hora verdadera a todos los habitantes de la Tierra. Supieron también que en este movimiento el astro de la noche presenta sus diferentes fases; que la Luna es llena cuando se halla en oposición con el Sol, es decir, cuando los tres astros se hallan sobre la misma línea, estando la Tierra en medio; que la Luna es nueva cuando se halla en conjunción con el Sol, es decir, cuando se halla entre la Tierra y él; y que la Luna se halla en su primero o último cuarto cuando forma con el Sol y la Tierra un ángulo recto, del que ocupa el vértice.

Algunos ciudadanos perspicaces sacaban entonces las consecuencias de que los eclipses no pueden producirse sino en las épocas de conjunción o de oposición. Y tenían razón. En conjunción, la Luna puede eclipsar al Sol, mientras que en oposición es la Tierra la que puede eclipsar a la Luna, y si estos eclipses no sobrevienen dos veces al mes se debe a que el plano en que se mueve la Luna está inclinado sobre la eclíptica o, en otros términos, sobre el plano en que se mueve la Tierra.

En cuanto a la altura que el astro de la noche puede alcanzar sobre el horizonte, la carta del Observatorio de Cambridge aclaraba ya este extremo hasta la saciedad, de manera que todos sabían que la altura varía según la latitud del lugar donde se encuentra el observador, y que las únicas zonas del globo en que la Luna pasa por el cenit, es decir, en que se coloca directamente encima de la cabeza de los que la contemplan, se hallan necesariamente comprendidas entre el paralelo 28 y el ecuador. De aquí la importancia de la recomendación de realizar el experimento desde un punto cualquiera de esta zona del globo, a fin de que el proyectil pudiera avanzar perpendicularmente y sustraerse lo antes posible a la acción de la gravedad. Esta condición era esencial para el éxito de la empresa, y no dejaba de preocupar vivamente a la opinión pública.

En cuanto a la trayectoria que sigue la Luna en su viaje alrededor de la Tierra, el Observatorio de Cambridge se había expresado tan claramente que hasta los más legos en la materia comprendieron que es una elipse y no un círculo, y que la Tierra ocupa uno de los focos. Estas órbitas elípticas son comunes a todos los planetas y satélites y la mecánica racional prueba rigurosamente que no puede ser de otra manera. Para todos fue evidente que la Luna se halla lo más lejos posible de la Tierra estando en su apogeo y lo más cerca en su perigeo.

He aquí, pues, lo que todo americano sabía de grado o por fuerza y lo que nadie podía ignorar decorosamente. Pero si resultó muy fácil divulgar rápidamente estos principios, no lo fue tanto desarraigar muchos errores y ciertos ilusorios temores.

Algunas almas sencillas sostenían que la Luna era un antiguo cometa que, recorriendo su órbita alrededor del Sol, pasó junto a la Tierra y se detuvo en su círculo de atracción. Así trataban de explicar los astrónomos de salón el aspecto ceniciento de la Luna. Cuando se les hacía notar que los cometas tienen una atmósfera, y que la Luna carece de ella, o poco menos, se encogían de hombros, sin saber qué responder.

Otros, pertenecientes al grupo de los meticulosos, manifestaban respecto de la Luna cierto pánico. Habían oído decir que, según observaciones hechas en tiempo de los califas, el movimiento de rotación de la Luna aceleraba hasta cierto punto, de lo que dedujeron que a una aceleración de movimiento debía corresponder una disminución de distancia entre los dos cuerpos celestes, de manera que, prolongándose al infinito este doble efecto, era inevitable un choque entre la Tierra y la Luna. Sin embargo, pudieron tranquilizarse y dejar de temer por la suerte de futuras generaciones cuando se les demostró que, según los cálculos del ilustre matemático francés Laplace, dicha aceleración estaba contenida dentro de límites muy reducidos, y que no tardaba en sucederle una disminución proporcional. Por consiguiente, el equilibrio del mundo solar no iba a alterarse en los siglos venideros.

Por último, había un cierto grupo de supersticiosos, que no se contentan con ignorar, sino que conocen incluso lo que no es, y respecto de la Luna sabían demasiado. Algunos de ellos consideraban su disco como un bruñido espejo por cuyo medio se podían ver desde distintos puntos de la Tierra y comunicarse sus pensamientos. Otros pretendían que, de las mil Lunas nuevas observadas, novecientas cincuenta habían acarreado notables perturbaciones, tales como cataclismos, revoluciones, terremotos, diluvios, pestes... Creían en la influencia misteriosa del astro de la noche sobre los destinos humanos. La miraban como el *verdadero contrapeso* de la existencia; creían que por cada selenita había un habitante en la Tierra, al cual estaba unido por un lazo simpático; señalaban con el doctor Mead que el sistema vital está enteramente condicionado por la Luna, y sostenían, con profunda convicción, que los varones nacen principalmente durante la Luna nueva y las hembras en el cuarto menguante... Pero tuvieron que renunciar a tan groseros errores y reconocer la verdad. Y si bien la Luna, despojada de su supuesta influencia, perdió interés para ciertos cortesanos todos los poderes, si algunos le volvieron la espalda, la inmensa mayoría se declaró abiertamente en su favor. En cuanto a los norteamericanos, no abrigaban otro anhelo que el de tomar posesión de aquel nuevo continente de los aires para enarbolar sobre su montaña más alta el poderoso pabellón, salpicado de estrellas, de Estados Unidos de América.

7

El himno del proyectil

En su memorable carta del 7 de octubre, el Observatorio de Cambridge había analizado el tema en su vertiente astronómica, pero era preciso resolverlo desde el punto de vista técnico. En este sentido, las dificultades prácticas hubieran parecido insuperables a cualquier otro país, pero en Estados Unidos parecieron cosa de juego. Sin pérdida de tiempo, el presidente Barbicane había nombrado, en el seno del Gun-Club una comisión ejecutiva. Esta comisión debía dilucidar en tres sesiones tres grandes cuestiones: cañón, proyectil y pólvora. Se componía de cuatro miembros expertos en estas materias: Barbicane, con voto decisivo en caso de empate, el general Morgan, el mayor Elphiston y el inevitable J. T. Maston, a quien se confiaron las funciones de secretario.

El 8 de octubre, la comisión se reunió en casa del presidente Barbicane, en el 3 de Republican Street. Como resultaba imprescindible que el estómago no turbase con sus gritos una discusión tan grave, los cuatro miembros del Gun-Club se sentaron a una mesa cubierta de emparedados y de enormes teteras. De inmediato J. T. Maston fijó la pluma en su brazo postizo y dio comienzo la sesión.

Barbicane tomó la palabra.

—Mis queridos colegas: estamos llamados a resolver uno de los más importantes problemas de la balística, la ciencia por excelencia, que trata del movimiento de los proyectiles, es decir, de los cuerpos lanzados al espacio por una fuerza de impulsión cualquiera y abandonados luego a sí mismos.

—¡Oh! ¡La balística!—exclamó J. T. Maston, con voz conmovida.

—Tal vez hubiera parecido más lógico dedicar esta primera sesión a discutir el tema del cañón…—continuó Barbicane.

—En efecto—respondió el general Morgan.

—…Sin embargo—repuso Barbicane—, después de maduras reflexiones, me ha parecido que la cuestión del proyectil debía preceder a la del cañón, y que las dimensiones de éste debían subordinarse a las de aquél.

—Pido la palabra—dijo J. T. Maston.

Se le concedió la palabra de inmediato, como correspondía a su magnífico pasado.

—Mis dignos amigos—dijo con acento inspirado—, nuestro presidente tiene razón en dar a la cuestión del proyectil preferencia sobre todas las demás. La bala que vamos a enviar a la Luna es nuestro mensajero, nuestro embajador. Y ahora deseo analizarla desde un punto de vista moral.

Esta manera nueva de enfocar el tema del proyectil excitó vivamente la curiosidad de los miembros de la comisión, que escucharon con suma atención las palabras de J. T. Maston.

—Mis queridos colegas, seré breve. Dejaré a un lado la bala física, la bala que mata, para no ocuparme más que de la bala ideal, la bala moral. La bala es para mí la más brillante manifestación del poder humano; éste se resume en ella; creándola, el hombre se ha acercado más al Creador.

—¡Muy bien!—dijo el mayor Elphiston.

—En efecto. Si Dios ha hecho las estrellas y los planetas, el hombre ha hecho la bala, criterio de las velocidades terrestres, reducción de los astros errantes en el espacio, que en definitiva no son más que proyectiles. ¡A Dios corresponde la velocidad de la electricidad, la velocidad de la luz, la velocidad de las estrellas, la velocidad de los cometas, la velocidad de los planetas, la velocidad de los satélites, la velocidad del sonido, la velocidad del viento! ¡Pero a nosotros nos compete la velocidad de la bala, cien veces superior a la de los trenes y a la de los caballos más rápidos!

J. T. Maston estaba iluminado; su voz tomaba acentos líricos al entonar el himno sagrado al proyectil.

—¿Cifras? ¡Las puedo ofrecer, todas elocuentes! Pensemos en una modesta bala de veinticuatro libras. Se desplaza a una velocidad ochocientas mil veces menor que la de la electricidad, seiscientas cuarenta mil veces menor que la de la luz, setenta y seis veces menor que la de Tierra en su movimiento de traslación alrededor del Sol. Sin embargo, al salir del cañón, excede en rapidez al sonido, avanza a doscientas toesas por segundo, dos mil toesas en diez segundos, catorce millas por minuto... Tardaría, pues, once días en llegar a la Luna, doce años en llegar al Sol, trescientos sesenta años en alcanzar Neptuno, en los límites del sistema solar. ¡He aquí lo que haría esta modesta bala, obra de nuestras manos. ¿Qué será, pues, cuando multipliquemos su velocidad por veinte y la lancemos a siete millas por segundo? ¡Bala soberbia! ¡Espléndido proyectil! ¡Me complazco en pensar que será recibida allá arriba con los honores debidos a un embajador terrestre!

Aclamaciones entusiastas acogieron esta altisonante perorata, y J. T. Maston, muy conmovido, se sentó entre las felicitaciones de sus colegas.

—Y ahora que hemos pagado un tributo a la poesía, vamos directamente al grano—dijo Barbicane.

—¡Vamos al grano!—respondieron los miembros del comité.

—Ya sabemos cuál es el problema que hay que resolver. Se trata de dar al proyectil una velocidad de 12.000 yardas por segundo. Tengo motivos para creer que lo conseguiremos. Pero antes examinemos las velocidades obtenidas hasta la fecha. El general Morgan podrá instruirnos.

—Durante la guerra, era miembro de la comisión de experimentos —dijo el general—. Diré, pues, que los cañones Dahlgreen, que alcanzaban a 2.500 toesas, daban a su proyectil una velocidad inicial de 500 yardas por segundo.

—Bien. ¿Y el Rodman?—preguntó el presidente.

—El Rodman, ensayado en el fuerte Hamilton, lanzaba una bala de media tonelada de peso a una distancia de seis millas, con una velocidad de ochocientas yardas por segundo, resultado que no han obtenido nunca Armstrong y Palisier.

—¡Oh! ¡Los ingleses!—exclamó J. T. Maston volviendo hacia el horizonte del este su formidable mano postiza.

—¿Así, pues, ochocientas yardas por segundo es la máxima velocidad alcanzada hasta ahora?—preguntó Barbicane.

—Sí—respondió Morgan.

—Diré, sin embargo—replicó J. T. Maston—, que si mi mortero no hubiese reventado...

—Pero reventó—respondió Barbicane con un ademán benévolo—. Tomemos, pues, como punto de partida la velocidad de ochocientas yardas. La necesitamos veinte veces mayor. Dejando para otra sesión la discusión de los medios destinados a producir esta velocidad, llamo vuestra atención, mis queridos colegas, sobre las dimensiones que conviene dar a la bala. No se trata ahora de proyectiles de media tonelada.

—¿Por qué?—preguntó el mayor.

—Porque se necesita una bala suficientemente grande para llamar la atención de los habitantes de la Luna, en el supuesto de que la Luna tenga habitantes—dijo J. T. Maston.

—Sí—respondió Barbicane—, y también por otra razón aún más importante.

—¿Qué queréis decir, Barbicane? —preguntó el mayor.

—Quiero decir, que no basta enviar un proyectil para no volverse a ocupar de él; es necesario seguirlo hasta que llegue a su destino.

—¡Cómo!—exclamaron al unísono el general y el mayor, algo sorprendidos.

—Sin duda—repuso Barbicane con la seguridad de un hombre que sabe lo que se dice—. En otro caso nuestro experimento no produciría resultado alguno.

—¿Piensa usted en un proyectil de enormes dimensiones?—preguntó el mayor.

—No, fíjense bien. Los instrumentos de óptica han alcanzado una notable perfección. Con ciertos telescopios se han llegado a obtener aumentos de seis mil veces el tamaño natural, y acercar la Luna a unas dieciséis leguas. A esta distancia, los objetos de sesenta pies son perfectamente visibles. Si no se ha intentado llevar más lejos el alcance de los telescopios es porque este poder no se ejerce sino en menoscabo de la claridad de la imagen. La Luna, que no es más que un espejo reflector, no envía una luz lo bastante intensa para que se pueda llevar el aumento más allá de dicho límite.

—¿Qué piensa hacer?—preguntó el general—. ¿Proyecta un proyectil de sesenta pies de diámetro?

—¡No!

—¿Se compromete, pues, a volver la Luna más luminosa?

—Precisamente.

—¡Me gusta la idea!—exclamó J. T. Maston.

—Es una cosa muy sencilla—respondió Barbicane—. Si se llega a disminuir la densidad de la atmósfera que atraviesa la luz de la Luna, ¿no es evidente que se habrá vuelto esta luz más intensa?

—Evidentemente.

—Pues bien, se trata de situar nuestro telescopio en alguna montaña elevada. Y eso es lo que haremos.

—Convenido, convenido—respondió el mayor—. ¡Tiene usted una manera de simplificar las cosas! ¿Y qué aumento espera obtener así?

—Un aumento que nos pondrá a la Luna a una distancia de cinco millas. Los objetos, para ser visibles, no necesitarán tener más que un diámetro de nueve pies.

—¡Perfectamente!—exclamó J. T. Maston—. ¿Nuestro proyectil va a tener, pues, nueve pies de diámetro?

—Ni más ni menos.

—Sin embargo, será pesadísimo—dijo el mayor Elphiston.

—¡Oh Mayor!—respondió Barbicane—. Antes de entrar a discutir su peso, permitidme deciros que ya nuestros padres hacían maravillas en este aspecto. Lejos de mí la idea de que la balística no ha avanzado, pero conviene recordar que ya en la Edad Media se obtenían resultados sorprendentes, más sorprendentes que los nuestros.

—Eso dígaselo a mi abuela—replicó Morgan.

—¡Justifique sus palabras! —exclamó de inmediato J. T. Maston.

—Nada más fácil—respondió Barbicane—; puedo citar ejemplos en apoyo de mi aserto. En el sitio que puso a Constantinopla Mahomet II, en 1543, se lanzaron balas de piedra que pesaban mil novecientas libras, y eran de regular tamaño.

—¡Oh!—exclamó el mayor—. ¡Son muchas libras!

—En Malta, en tiempo de los caballeros de la Orden, cierto cañón del fuerte de San Telmo arrojaba proyectiles que pesaban dos mil quinientas libras.

—¡Imposible!

—Por último, según un historiador francés, bajo el reinado de Luis XI había un mortero que arrojaba una bala de cinco mil libras de peso. Partiendo de la Bastilla, que era un lugar en que los locos encerraban a los cuerdos, iba a caer en Charenton, un lugar donde los cuerdos encerraban a los locos.

—¡Imposible!

—¡Sí, imposible!—dijo J. T. Maston.

—¿Qué hemos visto nosotros después, en definitiva? ¡Los cañones

Armstrong, que disparan balas de quinientas libras, y los *columbia* de Rodman, que disparan proyectiles de media tonelada! Parece, pues, que si los proyectiles han ganado en alcance, en peso más bien han perdido que ganado. Haciendo los debidos esfuerzos, con los progresos de la ciencia conseguiremos decuplicar el peso de las balas de Mahomet II y de los caballeros de Malta.

—Es evidente—respondió el mayor—. ¿Pero qué metal pensáis utilizar para el proyectil?

—Hierro fundido, pura y simplemente—apuntó el general Morgan.

—¡Hierro fundido!—exclamó J. T. Maston con profundo desdén—. El hierro es un metal muy vulgar para una bala destinada a hacer una visita a la Luna.

—No exageremos, distinguido amigo—respondió Morgan—. El hierro fundido bastará.

—Pero…—repuso el mayor Elphiston—. Puesto que el peso de la bala es proporcional a su volumen, una bala de hierro fundido que mida nueve pies de diámetro tendrá un peso tremendo.

—Tremendo… si es maciza; pero no si es hueca—dijo Barbicane.

—¡Hueca! ¿Será, pues, una granada?

—¡Meteremos algo dentro! ¡Algún producto terrestre!—dijo, entusiasmado, J. T. Maston.

—¡Sí, una granada!—respondió Barbicane—. No puede ser de otra manera. Una bala maciza de ciento ocho pulgadas pesaría más de cien mil libras, y este peso es evidentemente excesivo. Sin embargo, como es preciso que el proyectil tenga cierta consistencia, propongo que se le consienta un peso de veinte mil libras.

—¿Cuál será, pues, el grosor de sus paredes?—preguntó el mayor.

—Si nos ajustamos a la proporción reglamentaria, un diámetro de ciento ocho pulgadas exigirá paredes de dos pies como mínimo—dijo Morgan.

—Sería demasiado—contestó Barbicane—. No se trata de una bala destinada a perforar planchas de hierro. Será suficiente que sus paredes sean bastante fuertes para contrarrestar la presión de los gases de la pólvora. He aquí, pues, el problema: ¿Qué grosor deben tener las paredes de una granada de hierro fundido para no pesar más de veinte mil libras? Nuestro hábil calculador, el intrépido Maston, va a decírlo ahora mismo.

—Nada más fácil—replicó el distinguido secretario de la Comisión.

Y sin decir más, trazó algunas fórmulas algebraicas en el papel. Finalmente, dijo:

—Las paredes no llegarán a tener dos pulgadas.

—¿Será suficiente?—preguntó el mayor con un ademán dubitativo.

—Evidentemente, no—respondió el presidente Barbicane.

—¿Qué vamos a hacer pues?—repuso Elphiston bastante perplejo.

—Emplear otro metal.

—¿Cobre?—insinuó Morgan.

—No; es demasiado pesado. Hay otro mejor—dijo Barbicane.

—¿Cuál?—preguntó el mayor.

—Aluminio—respondió Barbicane.

—¡Aluminio!—exclamaron los tres colegas del presidente.

—Por supuesto, amigos míos. Un ilustre químico francés, Henry Sainte Claire-Deville, consiguió obtener en 1854 el aluminio, precioso metal que tiene la blancura de la plata, la inalterabilidad del oro, la tenacidad del hierro, la fusibilidad del cobre y la ligereza del vidrio. Se trabaja fácilmente, abunda en la naturaleza, pues la alúmina forma la base de la mayor parte de las rocas, es tres veces más ligero que el hierro y parece haber sido creado expresamente para suministrarnos el material de nuestro proyectil.

—¡Bien por el aluminio!—exclamó el secretario de la Comisión, siempre muy estrepitoso en sus momentos de entusiasmo.

—Pero, estimado presidente—preguntó el mayor—, ¿no es demasiado caro el aluminio?

—Lo era—respondió Barbicane—. Una libra de aluminio costaba entre doscientos sesenta y doscientos ochenta dólares; después bajó veinte dólares y actualmente sólo vale nueve.

—Aun así, es carísimo—dijo el mayor, que no daba fácilmente su brazo a torcer.

—No lo discuto. Pero está a nuestro alcance.

—¿Cuánto pesará, pues, el proyectil?—preguntó Morgan.

—He aquí el resultado de mis cálculos—respondió Barbicane—. Una bala de ciento ocho pulgadas de diámetro y de doce pulgadas de grosor pesaría, si fuese de hierro colado, sesenta y siete mil cuatrocientas cuarenta libras. Si es de aluminio, su peso se reduce a diecinueve mil doscientas cincuenta libras.

—¡Magnífico!—exclamó Maston—. Nos mantenemos fieles a nuestro programa.

—¡De acuerdo!—exclamó el mayor—. Pero a dieciocho dólares la libra, el proyectil nos costará...

—Ciento sesenta y tres mil doscientos cincuenta dólares. Pero no nos preocupemos: no faltará dinero para nuestra empresa, puedo asegurarlo.

—Lloverá en nuestras arcas...—aseguró J. T. Maston.

—Pues bien, ¿qué os parece el aluminio?—preguntó el presidente.

—Aceptado—respondieron los tres miembros de la Comisión.

—La forma de la bala importa poco—dijo Barbicane—. Atravesada la atmósfera, el proyectil estará en el vacío. Propongo, por tanto, que sea redonda, para que gire como le parezca y se conduzca como quiera.

Así terminó la primera sesión. La cuestión del proyectil había sido definitivamente resuelta y J. T. Maston no cabía en sí de gozo, pensando que se iba a enviar una bala de aluminio a los selenitas, lo que les daría una elevada idea de los habitantes de la Tierra.

8

Historia del cañón

Los acuerdos tomados en la primera sesión produjeron un gran efecto. La idea de una bala de 20.000 libras atravesando el espacio producía bastante inquietud a los pusilánimes. ¿Qué cañón podría transmitir a semejante mole una velocidad inicial suficiente? La segunda sesión tendría que enfrentarse con éxito a esta pregunta.

Al día siguiente, por la noche, los cuatro miembros del Gun-Club se sentaron delante de nuevas montañas de emparedados, a orillas de un verdadero océano de té. La discusión empezó inmediatamente, sin ningún preámbulo.

—Mis queridos colegas—dijo Barbicane—, vamos a ocuparnos de la máquina que debemos construir, de su longitud, de su forma, de su composición y de su peso. Es probable que lleguemos a darle dimensiones gigantescas, pero por grandes que sean las dificultades, nuestro genio industrial las allanará con facilidad. Tened, pues, la bondad de escucharme. Y no escatiméis las objeciones. No me arredran.

Un murmullo de aprobación acogió estas palabras.

—No olvidemos el punto que alcanzamos ayer. El problema se presenta ahora bajo esta forma: dar una velocidad inicial de doce mil yardas por segundo a una bala de ciento ocho pulgadas de diámetro y de veinte mil libras de peso.

—Tal es, en efecto, el problema—respondió el mayor Elphiston.

—Cuando un proyectil se lanza al espacio, ¿qué sucede? Tres fuerzas independientes lo solicitan: la resistencia del medio, la atracción de la Tierra y la fuerza de impulsión que le anima. Examinemos estas tres fuerzas. La resistencia del medio, es decir, la resistencia del aire, será poco importante. La atmósfera terrestre sólo tiene cuarenta millas. A la velocidad prevista, el proyectil la atravesará en cinco segundos, lo que nos permite considerar la resistencia del medio como insignificante. Pasemos, pues, a la atracción de la Tierra, es decir, al peso de la granada. Ya sabemos que este peso disminuirá en razón inversa del cuadrado de la distancia. He aquí lo que la Física nos enseña: cuando un cuerpo abandonado a sí mismo cae a la superficie de la Tierra, su caída es de quince pies en el primer segundo, y si este cuerpo se transportase a doscientas cuarenta y siete mil quinientas cincuenta y dos millas, o en otros términos, a la distancia en que se encuentra la Luna, su caída se reduciría a media línea aproximadamente en el primer segundo, lo que equivale, casi, a la inmovilidad. Se trata, pues, de vencer progresivamente esta acción del peso. ¿Cómo? Por la fuerza de impulsión.

—Eso será lo difícil—respondió el mayor.

—En efecto—repuso el presidente—. Pero venceremos la dificultad porque la fuerza de impulsión que necesitamos resulta de la longitud de la máquina y de la cantidad de pólvora empleada, hallándose ésta limitada por la resistencia de aquélla. Analicemos, por tanto, las dimensiones que hay que dar al cañón. Téngase en cuenta que podemos darle una gran resistencia, pues no será necesario moverlo.

—Es evidente—respondió el general.

—Hasta ahora—prosiguió Barbicane— los cañones más largos no han pasado de veinticinco pies de longitud. El nuestro tendrá que ser mucho más largo.

—Sin duda—exclamó J. T. Maston—. Yo propongo un cañón cuya longitud no sea inferior a media milla.

—¡Media milla!—exclamaron el mayor y el general.

—Sí, media milla. Y me quedo corto.

—Vamos, Maston, está exagerando—dijo Morgan.

—No exagero—replicó el fogoso secretario.

—Va usted demasiado lejos...

—Usted debería saber que un artillero es como una bala, y que no puede ir demasiado lejos—dijo J. T. Maston, encarándose con Morgan.

La discusión tomaba carácter personal y el presidente tuvo que intervenir con voz firme:

—Calma, amigos, calma. Se necesita un cañón de gran calibre, puesto que la longitud de la pieza aumentará la detención de los gases acumulados debajo del proyectil. Pero es inútil pasar de ciertos límites.

—De acuerdo—dijo el mayor.

—¿Qué reglas hay para estos casos? Por lo general, la longitud de un cañón es veinte veces mayor que el diámetro de la bala, y pesa entre doscientas treinta y cinco y doscientas cuarenta veces más.

—Sería insuficiente—dijo J. T. Maston de manera terminante.

—De acuerdo, mi digno amigo. En efecto, siguiendo la proporción indicada para un proyectil que tuviese nueve pies de ancho y pesase treinta mil libras, el cañón no tendría más que una longitud de doscientos veinticinco pies, y un peso de siete millones doscientas mil libras.

—Lo cual es ridículo—comentó Maston—. Tanto valdría echar mano de una pistola.

—Lo mismo opino—respondió Barbicane—, por lo que propongo multiplicar esta longitud por cuatro y construir un cañón de novecientos pies.

El general y el mayor opusieron algunas objeciones. Pero el secretario del Gun-Club apoyó al presidente con máxima energía y todos acabaron de acuerdo.

—Ahora debemos calcular el grosor de sus paredes—dijo Elphiston.

—Seis pies—respondió Barbicane.

—Supongo que no pensaréis colocar en una cureña semejante mole...—dijo el mayor.

—¡Sería magnífico!—exclamó J. T. Maston.

—Pero imposible—respondió Barbicane—. Creo que se debe fundir el cañón en el punto mismo desde donde hagamos el disparo, ponerle abrazaderas de hierro forjado, rodearlo de una obra de mampostería, de modo que pueda aprovechar toda la resistencia del suelo. Fundida la pieza, se pulirá el ánima para impedir el viento de la bala, y de este modo no habrá pérdida de gas, y toda la fuerza expansiva de la pólvora se invertirá en la impulsión.

—¡Bravo!—exclamó J. T. Maston—. Ya tenemos nuestro cañón.

—¡Todavía no!—respondió Barbicane, calmando con la mano a su impaciente amigo.

—¿Por qué?

—Porque hasta ahora no hemos discutido su forma. ¿Será un cañón, un obús o un mortero?

—Un cañón—respondió Morgan.

—Un obús—replicó el mayor.

—Un mortero—afirmó J. T. Maston.

Iba a empezarse una nueva discusión, que prometía ser bastante acalorada, y cada cual defendía su arma favorita, cuando intervino el presidente:

—Amigos míos—dijo—, voy a poneros a todos de acuerdo. Nuestro *Columbia* participará a la vez de las tres bocas de fuego. Será un cañón, porque la recámara y el ánima tendrán igual diámetro. Será un obús, porque disparará una granada. Será un mortero, porque se apuntará formando un ángulo de noventa grados, y, además, le será imposible retroceder, estará fijo en tierra, y así comunicará al proyectil toda la fuerza de impulsión acumulada en sus entrañas.

—¡Aprobado! ¡Aprobado!—respondieron los miembros de la comisión.

—Permitidme una sencilla reflexión—dijo Elphiston—. Este cañón-obús-mortero, ¿será rayado?

—No—respondió Barbicane—, no. Necesitamos una velocidad inicial enorme, y ya sabéis que la bala sale con menos rapidez de los cañones rayados que de los de ánima lisa.

—Justamente.

—En fin, ya es nuestro—repitió J. T. Maston.

—Falta algo—replicó el presidente.

—¿Qué falta?

—Aún no sabemos de qué metal hacerlo.

—Decidámoslo sin demora.

—Iba a proponerlo.

Los cuatro miembros de la comisión se comieron una docena de *sandwichs* cada uno, seguidos de una buena taza de té. Y siguió la discusión.

—Dignísimos colegas—dijo Barbicane—, nuestro cañón debe tener mucha tenacidad y dureza, debe ser inoxidable, resistente a la acción corrosiva de los ácidos.

—Acerca del particular no cabe la menor duda—respondió el mayor—y como será preciso emplear una cantidad considerable de metal, la elección no puede ser difícil.

—Entonces—dijo Morgan—propongo para la fabricación del *Columbia* la mejor aleación que se conoce, es decir, cien partes de cobre, doce de estaño y seis de latón.

—Amigos míos—respondió el presidente—, convengo en que la composición que se acaba de proponer ha dado resultados excelentes, pero costaría mucho y plantea graves problemas de manejo. Creo, pues, que se debe adoptar una materia excelente y al mismo tiempo barata: el hierro fundido. ¿No comparte mi opinión, mayor?

—Estamos de acuerdo—respondió Elphiston.

—En efecto—respondió Barbicane—, el hierro fundido cuesta diez veces menos que el bronce; es fácil de fundir y de modelar, y se deja trabajar dócilmente. Su adopción economiza dinero y tiempo. Recuerdo que durante la guerra, en el sitio de Atlanta, hubo piezas de hierro que de veinte en veinte minutos hicieron más de mil disparos sin experimentar deterioro alguno.

—Pero el hierro fundido es muy frágil—respondió Morgan.

—Sí, pero también muy resistente. Además, no reventará, respondo de ello.

—Un cañón puede reventar y ser bueno—replicó sentenciosamente J. T. Maston, abogando *pro domo sua,* como si se sintiese aludido.

—Es evidente—respondió Barbicane—. Me permito, pues, suplicar a nuestro digno secretario que calcule el peso de un cañón de hierro fundido de novecientos pies de longitud y con un diámetro interior o calibre de nueve pies, con un grueso de seis pies en sus paredes.

—Al momento—respondió J. T. Maston.

Y como había hecho en la sesión anterior, hizo sus fórmulas con una maravillosa facilidad, y dijo al cabo de un minuto:

—El cañón pesará sesenta y ocho mil cuarenta toneladas.

—Y a dos centavos la libra, ¿cuánto costará?

—Dos millones quinientos diez mil setecientos un dólares.

J. T. Maston, el mayor y el general miraron con inquietud a Barbicane.

—Señores—dijo éste—, repito lo que dije ayer: los millones no nos faltarán.

Dadas estas seguridades por el presidente, la Comisión se separó, quedando citados todos sus integrantes para el día siguiente, para celebrar la tercera sesión.

9

La cuestión de la pólvora

Faltaba analizar la cuestión de la pólvora. Esta última decisión era aguardada con ansiedad por el público. Teniendo en cuenta la magnitud del proyectil y la longitud del cañón, ¿cuál sería la cantidad de pólvora necesaria? Este agente terrible, cuyos efectos ha dominado el hombre, iba a desempeñar su papel en proporciones insólitas.

Es creencia generalizada, que se repite sin cesar, que la pólvora fue inventada en el siglo XIV por el fraile Schwartz, y que su descubrimiento le costó la vida. Pero en la actualidad está casi demostrado que esta historia se debe colocar entre las leyendas de la Edad Media. La pólvora no ha sido inventada por nadie; deriva directamente del fuego griego, compuesto como ella de azufre y salitre, si bien en la pólvora, tal como se conoce actualmente, estas mezclas de dilatación, al inflamarse producen una explosión.

Pero si bien los eruditos conocen perfectamente la falsa historia, pocos son los que saben apreciar con exactitud su poder mecánico; sin este conocimiento no es posible comprender la importancia del asunto que se sometía a la Comisión.

Un litro de pólvora pesa aproximadamente 2 libras y, al inflamarse, produce 400 libras de gases, que, dejados en libertad, y bajo la acción de una temperatura elevada a 2.400 grados, ocupan el espacio de 4.000 litros. El volumen de la pólvora es, pues, a los volúmenes de los gases producidos por su combustión o deflagración lo que 1 es a 4.000. Júzguese cuál debe ser el ímpetu de estos gases cuando se hallan comprimidos en un espacio 4.000 veces más pequeño que el necesario para contenerlos.

He aquí lo que sabían perfectamente los miembros de la Comisión cuando se citaron para la tercera sesión. Barbicane concedió la palabra al mayor, pues Elphiston había sido durante la guerra director de las fábricas de pólvora.

—Mis buenos camaradas—dijo el distinguido químico—, vamos a hacernos cargo de guarismos irrefutables, que nos servirán de base. La bala del veinticuatro, de la que hablaba ayer el respetable J. T. Maston en términos tan poéticos, sale de la boca de fuego empujada por dieciséis libras de pólvora.

—¿Estáis seguro de la cifra?—preguntó Barbicane.

—Absolutamente seguro—respondió el mayor—. El cañón Armstrong no se carga más que con setenta y cinco libras de pólvora para arrojar un proyectil de ochocientas libras, y el Rodman no gasta más que ciento sesenta libras de pólvora para enviar a seis millas de distancia su bala de media tonelada. Estos son hechos acerca de los cuales no cabe la menor duda, pues los he comprobado yo mismo en las actas de la Junta de Artillería.

—Perfectamente—respondió el general.

—De estos guarismos—repuso el mayor—, se deduce que la cantidad de pólvora no aumenta con el peso de la bala. En efecto, si bien se necesitan dieciséis libras de pólvora para una bala del veinticuatro, o en otros

Es creencia generalizada que la pólvora fue inventada en el siglo XIV por el fraile Schwartz…

términos, si bien en los cañones ordinarios se emplea una cantidad de pólvora cuyo peso es dos terceras partes el del proyectil, esta proporción no es constante. Calculad y veréis que para una bala de media tonelada, en lugar de trescientas treinta y tres libras de pólvora se reduce esta cantidad a ciento sesenta libras solamente.

—¿Y de eso qué pretende deducir?—preguntó el presidente.

—Si lleváis vuestra teoría al último extremo, mi querido mayor, resultará que cuando una bala tenga un peso suficiente, no se necesitará pólvora alguna—dijo J. T. Maston.

—Mi amigo Maston se burla hasta en las ocasiones más solemnes —replicó el mayor—, pero tranquilícese; no tardaré en proponerle cantidades de pólvora que dejarán satisfecho su amor propio de artillero. Pero tenía interés en dejar consignado que, durante la guerra, la experiencia demostró que para cargar las piezas de mayor calibre el peso de la pólvora podía reducirse a una décima parte del que tiene la bala.

—No hay nada más exacto—dijo Morgan—. Pero antes de determinar la cantidad de pólvora necesaria para dar el impulso, opino que convendría ponernos de acuerdo sobre su naturaleza.

—Emplearemos pólvora de grano grueso—respondió el mayor—, porque su deflagración es más rápida que la de la pólvora fina.

—Sin duda—replicó Morgan—, pero se desmenuza más fácilmente, y al fin y al cabo altera el ánima de las piezas.

—Lo que sería un inconveniente para un cañón destinado a un largo servicio, pero no para nuestro *Columbia*. No corremos riesgo alguno de explosión y necesitamos que la pólvora se inflame instantáneamente para que su efecto mecánico sea completo.

—Podríamos abrir varios oídos para aplicar el fuego en distintos puntos a la vez. Me atengo, pues, a mi pólvora de grano grueso, que allana todas las dificultades.

—Sea—respondió el general.

—Para cargar su *Columbia*—añadió el mayor—, Rodman empleaba una pólvora de granos gruesos como castañas, hecha con carbón de sauce, tostado sencillamente en calderas de hierro fundido. Era una pólvora dura y brillante, que no manchaba la mano. Contenía una gran proporción de hidrógeno y de oxígeno, se inflamaba instantáneamente y, aunque muy desmenuzable, no deterioraba sensiblemente las bocas de fuego.

—Me parece, pues—respondió J. T. Maston—, que no debemos vacilar y que la elección está hecha.

—A no ser que os inclinéis por la pólvora de oro—replicó el mayor riendo, lo que le valió un ademán amenazador de la mano postiza de su irritable amigo.

Hasta entonces Barbicane se había abstenido de tomar parte en la discusión. Dejaba hablar y escuchaba. Evidentemente, meditaba algo. Se contentó con preguntar sencillamente:

—¿Y ahora, amigos, qué cantidad de pólvora proponéis?

Los tres miembros del Gun-Club se miraron entre sí.

—Doscientas mil libras—dijo Morgan.

—Quinientas mil—replicó el mayor.

—Ochocientas mil—exclamó J. T. Maston.

Esta vez Elphiston no se atrevió a calificar a su colega de exagerado. En efecto, se trataba de enviar a la Luna un proyectil de 20.000 libras, dándole una fuerza inicial de 12.000 yardas por segundo. Siguió a la triple propuesta hecha por los tres colegas un momento de silencio.

El presidente Barbicane tomó la palabra.

—Mis bravos camaradas—dijo con voz tranquila—, yo parto del principio de que la resistencia de nuestro cañón construido en las condiciones requeridas es ilimitada. Voy, pues, a sorprender al distinguido J. T. Maston diciéndole que ha sido tímido en sus cálculos, y propongo duplicar sus ochocientas mil libras de pólvora.

—¿Un millón seiscientas mil libras?—exclamó J. T. Maston saltando de su asiento.

—Como lo digo.

—Pero entonces tendremos que recurrir a mi cañón de media milla de longitud.

—Es evidente—dijo el mayor.

—Un millón seiscientas mil libras de pólvora ocuparán aproximadamente un espacio de veintidos mil pies cúbicos—dijo el secretario de la Comisión—, y como nuestro cañón sólo tiene cincuenta y cuatro mil pies cúbicos de capacidad, quedará cargado de pólvora hasta la mitad, y el ánima no sería bastante larga para que la explosión imprima al proyectil un impulso suficiente.

La objeción no tenía réplica. J. T. Maston estaba en lo justo. Todos miraron a Barbicane.

—Sin embargo—repuso el presidente—, se necesita la cantidad de pólvora que he dicho. Pensadlo bien, un millón seiscientas mil libras de pólvora producirán seis mil millones de litros de gas. ¡Seis mil millones! ¿Está claro?

—Pero entonces, ¿cómo hacerlo?—preguntó el general.

—Muy sencillo. Es preciso reducir esta enorme cantidad de pólvora, pero conservando este poder mecánico.

—¿Pero, cómo?

—Voy a explicarlo—respondió tranquilamente Barbicane.

Sus interlocutores le miraban ávidamente.

—Nada, en efecto, es más fácil—dijo—que reducir esta masa de pólvora a un volumen cuatro veces menos considerable. Todos conocéis esa curiosa materia que constituye los tejidos elementales de los vegetales, la llamada celulosa.

—Os comprendo, querido Barbicane—dijo el mayor.

—Esta materia—prosiguió el presidente—se saca perfectamente pura de varios cuerpos, especialmente del algodón, y no es más que la pelusa de los granos del algodonero. El algodón, combinado con el ácido nítrico en frío, se transforma en una sustancia eminentemente insoluble, eminentemente combustible, eminentemente explosiva. En 1832, Brasonnot, químico francés, descubrió esta sustancia, a la cual dio el nombre de xiloidina. En 1838, Pelouze, otro francés, estudió sus diversas propiedades, y por último, en 1846, Shonbein, profesor de química en Basilea, la propuso como pólvora de guerra. Esta pólvora es el algodón azótico o nítrico...

—O piróxilo—respondió Elphiston.

—O algodón fulminante—replicó Morgan.

—¿No hay un solo nombre americano que pueda ponerse al pie de este descubrimiento?—preguntó Maston a impulsos de su amor propio nacional.

—Ni uno, desgraciadamente—respondió el mayor.

—Sin embargo—repuso el presidente—, debo decir, para halagar el patriotismo de Maston, que los trabajos de un conciudadano nuestro se refieren al estudio de la celulosa, pues el colodión, uno de los principales agentes de la fotografía, no es más que piróxilo disuelto en éter con adición de alcohol, y ha sido descubierto por Maynard, que estudiaba entonces medicina en Boston.

—¡Bravo por Maynard y por el algodón fulminante!—exclamó el entusiasta secretario del Gun-Club.

—Volvamos al piróxilo—repuso Barbicane—. Sus propiedades son bien conocidas y para nosotros va a ser precioso. Se prepara con la mayor facilidad, sumergiendo algodón en ácido nítrico humeante por espacio de quince minutos, lavándolo después con agua y dejándolo secar.

—Nada, en efecto, más sencillo—dijo Morgan—. Además, el piróxilo no se altera con la humedad, circunstancia que nos favorece especialmente, ya que necesitaremos muchos días para cargar el cañón. Se inflama a ciento setenta grados en lugar de a doscientos cuarenta, y su deflagración es tan rápida que se produce sobre la pólvora ordinaria sin que ésta tenga tiempo de inflamarse...

—De acuerdo—respondió el mayor.

—Sólo que cuesta más.

—¿Qué importa?—dijo J. T. Maston.

—Por último, comunica a los proyectiles una velocidad cuatro veces mayor que la que les da la pólvora ordinaria. Y si se mezclan con el piróxilo ocho décimas de su peso de nitrato de potasa, su fuerza expansiva aumenta considerablemente.

—¿Será necesaria esa mezcla—preguntó el mayor.

—Me parece que no—respondió Barbicane—. Así, pues, en lugar de un millón seiscientas mil libras de pólvora, nos bastarán quinientas mil libras de algodón fulminante, y como no hay peligro de comprimir quinientas mil libras de algodón en un espacio de seis mil pies cúbicos, esta materia no ocupará en el *Columbia* más que una altura de treinta toesas. Así recorrerá la bala más de setecientos pies de ánima bajo el impulso de seis mil millones de litros de gas antes de emprender su marcha hacia el astro de la noche.

Al oír esto J. T. Maston no pudo reprimir su entusiasmo, y con la velocidad de un proyectil se arrojó en los brazos de su amigo, al cual hubiera derribado, si Barbicane no hubiese sido un hombre hecho a prueba de bomba.

Este incidente puso punto final a la tercera sesión de la Comisión. Barbicane y sus audaces colegas, para quienes no había nada imposible, acababan de resolver la compleja cuestión del proyectil, del cañón y de la pólvora. Trazado el plan, ya sólo faltaba ponerlo en práctica.

—Poca cosa, una bagatela—decía. T. Maston.

10

Un enemigo para veinticinco millones de amigos

Los más insignificantes pormenores de la empresa del Gun-Club excitaban el interés del público americano, que seguía uno tras otro todos los pasos de la Comisión. Los menores preparativos de tan colosal experimento, las cifras, las dificultades mecánicas que había que resolver, en una palabra, la ejecución del gran proyecto, producía grandes emociones.

Más de un año había de mediar entre el principio y la conclusión de los trabajos, pero este período de tiempo no podía carecer de emociones. La elección del lugar para la fundición, la construcción del molde, la fundición del *Columbia* y su muy peligrosa carga, eran más que suficientes para excitar la curiosidad pública. El proyectil, apenas disparado, desaparecería en algunas décimas de segundo. Lo que ocurriría después, su viaje, la llegada a la Luna, todo esto sólo podría ser contemplado por algunos privilegiados. Así, pues, los preparativos del experimento, los pormenores precisos de la ejecución, constituían ahora el verdadero interés, el interés general, el interés público.

En tales circunstancias, se produjo un notable incidente.

Barbicane contaba con una legión de admiradores y amigos, con una evidente mayoría de partidarios de su proyecto. Un hombre, un solo hombre en todos los Estados de la Unión protestó contra la tentativa del Gun-Club, la atacó con violencia en todas las ocasiones que le parecieron oportunas, y la naturaleza humana es tal, que Barbicane fue más sensible a esta oposición de uno solo que a los aplausos de todos los demás.

Y eso que conocía el motivo de semejante antipatía, y la procedencia de aquella enemistad aislada, enemistad personal y antigua, fundada en una rivalidad de amor propio.

El presidente del Gun-Club no había visto ni una vez en la vida a aquel enemigo perseverante, lo cual fue una suerte, pues el encuentro de aquellos dos hombres hubiera tenido funestas consecuencias. Aquel rival de Barbicane era un sabio como él, de carácter altivo, audaz, convencido, violento; un norteamericano de pura sangre. Era el capitán Nicholl, y residía en Filadelfia.

Nadie ignora la interesante lucha que se empeñó durante la Guerra de Secesión entre el proyectil y la coraza, estando aquel destinado a perforar a ésta, que por su parte no se dejaba atravesar. De esta lucha nació una transformación radical de la Marina. La bala y la coraza lucharon con un encarnizamiento sin precedentes, la una creciendo y la otra engrosándose en una proporción constante. Los buques, armados de formidables piezas, marchaban al combate al abrigo de su invulnerable coraza. Los *Merrimac*, los *Monitor*, los *Ram Tennessee*, los *Wechausen* lanzaban proyectiles enormes, después de haberse acorazado para librarse de los proyectiles de los otros. Causaban a otros el daño que no querían que los otros les causasen, siendo éste el principio inmoral en que descansa todo el arte de la guerra.

Y si Barbicane fue el gran fundidor de proyectiles, Nicholl fue un gran forjador de planchas. El uno fundía noche y día en Baltimore, y el otro forjaba día y noche en Filadelfia. Los dos seguían corrientes de ideas esencialmente opuestas.

Apenas Barbicane inventaba una nueva bala, Nicholl inventaba una nueva coraza. El presidente del Gun-Club pasaba su vida pensando en la manera de abrir agujeros, y el capitán pasaba la suya pensando en la manera de impedirle que los abriese. He aquí el origen de una rivalidad que se convirtió en odio personal. Nicholl se aparecía a Barbicane en sus sueños bajo la forma de una coraza impenetrable contra la cual se estrellaba, y Barbicane aparecía en los sueños de Nicholl como un proyectil que le atravesaba de parte a parte.

Los dos sabios, si bien seguían dos líneas divergentes, se hubieran encontrado al fin a pesar de todos los axiomas de geometría, pero se hubieran encontrado en el terreno del duelo. Afortunadamente aquellos dos ciudadanos tan útiles a su país se hallaban separados uno de otro por una distancia de 50 a 60 millas, y sus amigos amontonaron en el camino tantos obstáculos que no llegaron a encontrarse nunca.

No se podía decir categóricamente cuál de los dos inventores había triunfado. Los resultados obtenidos volvían difícil una apreciación justa. Parecía, sin embargo, que en último análisis, los proyectiles habían ganado a las corazas. Con todo, había dudas entre las personas competentes. En los últimos experimentos, los proyectiles cónicos de Barbicane fracasaron contra las planchas de Nicholl, por cuyo motivo éste se creyó victorioso, y atesoró para su rival una dosis inmensa de desprecio. Pero, más adelante, cuando Barbicane sustituyó las balas cónicas con simples granadas de seiscientas libras, el presidente del Gun-Club se tomó el desquite. En efecto, aquellos proyectiles, aunque animados de una velocidad regular, rompieron, taladraron, hicieron saltar en pedazos las planchas del mejor metal.

A este punto habían llegado las cosas, y parecía que la bala había quedado victoriosa cuando terminó la guerra. Y terminó precisamente el mismo día en que Nicholl terminaba una nueva coraza de hierro forjado, que era en su género una obra maestra, capaz de burlarse de todos los proyectiles del mundo. El capitán la hizo trasladar al polígono de Washington, desafiando al presidente del Gun-Club a que la rompiese. Pero Barbicane se negó a hacer la prueba.

Entonces Nicholl, furioso, ofreció exponer su plancha al choque de las balas más inverosímiles, macizas o huecas, redondas o cónicas. Pero no, el presidente no quería comprometer su última victoria.

Nicholl, exasperado por la incalificable obstinación de su adversario, quiso tentar a Barbicane, dejándole todas las ventajas. Barbicane siguió terco en su negativa. ¿A 100 yardas? ¡Ni a 75!

—A cincuenta—desafió el capitán, insertando su provocación en todos los periódicos—. Colocaré mi plancha a veinticinco yardas del cañón, y yo me colocaré detrás de ella.

Barbicane hizo contestar que aun cuando el capitán Nicholl se colocase delante, no dispararía un tiro.

Al recibir esta respuesta, Nicholl no pudo contenerse y lanzó contra Barbicane una serie de insultos personales. Dijo que la cobardía era invisible, que el que se niega a disparar un cañonazo está muy cerca de tener miedo al cañón; que, en suma, los artilleros que se baten a 6 millas de distancia han reemplazado prudentemente el valor individual por las fórmulas matemáticas, y que hay por lo menos tanto valor en aguardar tranquilamente una bala detrás de una plancha, como en enviarla, según todas las reglas del arte.

Siguió Barbicane haciéndose el sordo. O tal vez no tuvo noticia de la provocación, absorbido enteramente por los cálculos de su gran empresa.

Cuando dirigió al Gun-Club su famosa comunicación, el capitán Nicholl se salió de sus casillas. Mezclábanse con su cólera una suprema envidia y un sentimiento absoluto de impotencia. ¿Cómo inventar algo superior a aquel *Columbia* de 900 pies? ¿Qué coraza podría idearse para resistir un proyectil de 20.000 libras? Nicholl quedó abatido, aterrado, anonadado por aquel cañón, pero luego cobró ánimos y resolvió aplastar la propuesta bajo el peso de sus argumentos.

Atacó con violencia los trabajos del Gun-Club, publicando con este objeto numerosas cartas que los periódicos reprodujeron. Pretendía demoler científicamente la obra de Barbicane y, empeñado en el combate, se valió de razones de todo género, con harta frecuencia tendenciosas y rebuscadas.

Empezó a combatir a Barbicane por sus cifras. Se esforzó en demostrar la falsedad de sus fórmulas, y le acusó de ignorar los principios elementales de la balística. Hizo cálculos para demostrar que era absolutamente imposible dar a un cuerpo cualquiera una velocidad de 12.000 yardas por segundo; con el álgebra en la mano sostuvo que aun en el supuesto de que se consiguiera esta velocidad, jamás un proyectil tan pesado traspasaría los límites de la atmósfera terrestre: ni siquiera se elevaría más allá de 8 leguas. Más aún, suponiendo adquirida la velocidad suficiente, la granada no resistiría la presión de los gases, desarrollados por la combustión de 1.600.000 libras de pólvora y aunque la resistiera, no soportaría la temperatura resultante y se fundiría al salir del *Columbia;* convertido en lluvia de hierro derretido, caería sobre las cabezas de los imprudentes espectadores.

Sin hacer caso de estos ataques, Barbicane continuó su obra.

Entonces Nicholl planteó la cuestión bajo otros aspectos. Dejando a un lado su inutilidad absoluta, consideró el experimento muy peligroso para los ciudadanos que autorizasen con su presencia tan reprobable espectáculo y para las poblaciones próximas a aquel cañón execrable. Insistió también en que el proyectil, si no alcanzaba —como no alcanzaría— el objetivo al que se le destinaba, caería, y la caída de una mole semejante, multiplicada por el cuadrado de su velocidad, pondría en peligro singularmente algún punto del globo, de modo que, sin menoscabo de los derechos de los ciudadanos, había llegado el caso en que la intervención del Gobierno era de absoluta necesidad, pues no era justo comprometer la seguridad de todos por el capricho de uno solo.

Puede verse a qué exageraciones se dejaba arrastrar el capitán Nicholl. Nadie participaba de su opinión, ni tuvo en cuenta sus funestos pronósticos. Pudo gritar y desgañitarse cuanto le vino en gana, constituyéndose en defensor de una causa perdida de antemano. Se le oía, pero no se le escuchaba, y no arrebató ningún admirador al presidente del Gun-Club. Barbicane no se tomó siquiera la molestia de rebatir los argumentos de su implacable rival.

Acorralado en sus últimas trincheras, Nicholl, ya que no podía pagar con su persona, resolvió pagar con su dinero. En el *Enquirer* de Richmond propuso públicamente una serie de apuestas en la forma siguiente:

1.° A que no se reunirían los fondos necesarios para llevar a cabo la empresa del Gun-Club .... 1.000 dólares

2.° A que la fundición de un cañón de 900 pies resultaría impracticable y no tendría éxito .... 2.000 dólares

3.° A que sería imposible cargar el *Columbia,* y a que la pólvora se inflamaría por la sola presión del proyectil .... 3.000 dólares

4.º A que el *Columbia* reventaría al primer
disparo .... 4.000 dólares
5.º A que la bala no alcanzaría más de 6 millas
y caería a los poco segundos .... 5.000 dólares

Como se ve, era importante la suma que, en su obstinación invencible, arriesgaba el capitán. En total, apostaba 15.000 dólares.

A pesar de la importancia de la múltiple apuesta, recibió el 19 de mayo un sobre lacrado, con el siguiente texto:

Baltimore, 18 de octubre.
Aceptadas.

BARBICANE.

11

Florida y Texas

Una cuestión faltaba por resolver, y era la elección del lugar más favorable para el experimento. El Observatorio de Cambridge había recomendado con acierto que el disparo se dirigiese perpendicularmente al plano del horizonte, es decir, hacia el cenit, y la Luna no alcanza el cenit sino en los lugares situados entre el Ecuador y el grado 28 de latitud norte o sur. Tratábase, pues, de determinar exactamente el punto del globo en que se debería fundir el inmenso cañón.

El 20 de octubre, hallándose reunido el Gun-Club en sesión general, Barbicane se presentó con un magnífico mapa de Estados Unidos, de Z. Belltropp. Pero sin darle tiempo a hablar, J. T. Maston pidió la palabra con su habitual vehemencia, y se expresó en los siguientes términos:

—Dignísimos colegas: la cuestión que vamos a debatir tiene una importancia verdaderamente nacional, y va a depararnos la ocasión de ejercer un gran acto de patriotismo.

Los miembros del Gun-Club se miraron unos a otros sin comprender adónde quería ir a parar el orador.

—Ninguno de vosotros ha pensado ni pensará nunca en traicionar la gloria de su país y si hay algún derecho que la Unión puede reivindicar es el fundir en su propio seno el formidable cañón del Gun-Club. Así, pues, en las circunstancias actuales...

—Insigne Maston...—dijo el presidente.

—Permitidme desarrollar mi razonamiento—repuso el orador—. En las circunstancias actuales, tenemos que buscar un lugar bastante cerca del ecuador, para que el experimento se haga en buenas condiciones.

—Si me permite hablar...—dijo Barbicane.

—Pido que no se pongan obstáculos a mis ideas—replicó el displicente J. T. Maston—, y sostengo que el territorio desde el cual se lance nuestro glorioso proyectil, debe pertenecer a la Unión.

—¡Sin duda!—respondieron algunos miembros.

—¡Puesto que nuestras fronteras no son bastante extensas, puesto que al sur nos opone el océano una barrera insuperable, puesto que tenemos necesidad de ir a buscar más allá del territorio actual de Estados Unidos, en un país limítrofe, este paralelo 28, se nos presenta un *casus belli* legítimo. Y pido que se declare la guerra a México.

—¡No!—exclamaron muchas voces a la vez.

—¿Por qué no?—replicó J. T. Maston—. «No» es un monosílabo que no comprendo en este recinto.

—¡Pero, escuchad!

—¡No puedo escuchar nada!—exclamó el fogoso orador—. Tarde o temprano la guerra se hará, y pido que estalle hoy mismo.

—¡Maston!—dijo Barbicane, haciendo sonar el timbre con estrépito—. Le retiro la palabra.

Maston quiso replicar; pero algunos de sus colegas pudieron contenerle.

—Convengo—dijo Barbicane—en que el experimento no se puede ni se debe intentar sino en territorio de la Unión, pero si mi impaciente amigo me hubiese dejado hablar, si hubiese examinado este mapa, sabría que es perfectamente inútil declarar la guerra a nuestros vecinos, en razón de que ciertas fronteras de Estados Unidos se extienden más allá del paralelo 28. Mirad en el mapa y veréis que tenemos a nuestra disposición, sin salir de nuestro país, toda la parte meridional de Texas y de Florida.

El incidente no tuvo más consecuencias, si bien a J. T. Maston le costó no poco dejarse convencer. Se decidió fundir el cañón en suelo de Texas o en Florida. Pero esta decisión produciría una peligrosa rivalidad entre las ciudades de estos dos Estados.

En la costa americana, el paralelo 28 atraviesa la península de Florida y la divide en dos partes casi iguales. Después, pasa por el golfo de México, por las costas de Alabama, Mississipi y Louisiana. Entonces, pasando por Texas, entra en México, llegando a la antigua California antes de perderse en el Pacífico. Por debajo de este paralelo, sólo algún punto de Texas y de Florida se encontraban en la situación recomendada por el Observatorio de Cambridge.

En su parte meridional, Florida no tiene ciudades de importancia. Tampa es la única que por su situación merece tenerse en cuenta.

En Texas las ciudades son más numerosas e importantes. Corpus-Christi, en el distrito de Nueces, y todas las poblaciones situadas en el río Bravo, Laredo, Comelitas, San Ignacio en el Web, Roma, Río Grande en el Starr; Edimburgo en el Hidalgo; Santa Rita en el Panda y, Brownsville en el Cameron, formaron, contra las pretensiones de Florida, una liga imponente.

Los diputados tejanos y floridenses, apenas conocieron la decisión, se trasladaron a Baltimore por el camino más corto, y desde entonces el presidente Barbicane y los miembros más influyentes del Gun-Club se vieron día y noche asediados por formidables reclamaciones. Con menos afán se disputaron siete ciudades de Grecia la gloria de haber sido la cuna de Homero que el Estado de Texas y el de Florida la de ver fundir un cañón en su regazo.

Aquellos *feroces hermanos* recorrían armados las calles de Baltimore. Era inminente un conflicto de incalculables consecuencias. Afortunadamente, la prudencia y buen tacto del presidente Barbicane conjuraron el peligro. Las demostraciones personales se desahogaron en los periódicos de varios Estados. En tanto que el *New York Herald* y el *Tribune* se declaraban partidarios de Texas, el *Times* y el *American Review* se constituían en órganos de los diputados floridenses. Los miembros del Gun-Club estaban perplejos.

Texas hacía orgulloso alarde de sus veintiséis condados, que parecía poner en batería; pero Florida contestaba que, siendo un país seis veces más pequeño, tenía doce condados.

Texas sacaba a relucir sus 300.000 indígenas, pero Florida, menos extensa, se consideraba más poblada con sus 56.000. Acusaban a Texas de tener una especialidad en fiebres palúdicas que costaba la vida todos los años a algunos miles de habitantes.

Texas, a su vez, replicaba que Florida, respecto a fiebres, nada tenía que envidiar a nadie, y que no era prudente que acusase de insalubres a otros países un Estado que tenía la honra de poseer entre sus enfermedades endémicas el vómito negro. Y Texas tenía razón también.

Además, añadían los tejanos en el *New York Herald,* que algunas consideraciones merece un Estado que produce el mejor algodón de América y la mejor madera de construcción para buques, encerrando también en sus entrañas excelente carbón de piedra y minas de hierro que dan un 50% de metal puro.

A esto el *American Review* contestaba que el suelo de Florida, sin ser tan rico, ofrecía mejores condiciones para fundir y vaciar el cañón porque estaba compuesto de arena y arcilla.

—Pero—replicaban los tejanos—antes de fundir algo en un país, es preciso llegar al país, y las comunicaciones con Florida son difíciles, mientras que la costa de Texas ofrece la bahía de Galveston, que tiene catorce leguas de extensión y podría contener a la vez a todas las escuadras del mundo.

—¡Bueno!—repetían los periódicos defensores de Florida—, ¡gran cosa tenéis en vuestra bahía de Galveston situada encima del paralelo 29! ¿No tenemos acaso nosotros la bahía del Espíritu Santo abierta precisamente al paralelo 28 y, desde la cual es accesible Tampa?

—¡Magnífica bahía!—respondía sarcásticamente Texas—. ¡Una bahía medio cegada!

—¡Vosotros sois los que estáis cegados por la pasión!—exclamaba Florida—. ¡Cualquiera diría que somos un país de salvajes!

—La verdad es que los semínolas todavía recorren vuestras praderas.

—¿Y vuestros apaches y comanches son gente civilizada?

Después de algunos días de dimes y diretes, Florida quiso llevar a su adversario a otro terreno, y una mañana apareció el *Times* razonando que, siendo una empresa *esencialmente americana,* no podía acometerse sino en un terreno *esencialmente americano.*

A estas palabras, Texas se salió de sus casillas.

—¡Americanos!—exclamó—. ¿No lo somos tanto nosotros como vosotros? ¿Tejas y Florida no se incorporaron acaso las dos a la Unión en 1845?

—Sin duda—respondió el *Times*—, pero nosotros pertenecemos a la Unión desde 1820.

—Ya lo creo—replicó la Tribuna—. ¡Después de haber sido españoles o ingleses por espacio de 200 años, os vendieron a Estados Unidos por cinco millones de dólares!

—¡Qué importa!—replicaron los de Florida—. ¿Debemos avergonzarnos por ello? ¿En 1803, no fue comprada Louisiana a Napoleón por dieciséis millones de dólares?

—¡Qué vergüenza!—exclamaron entonces los diputados de Texas—. ¡Un miserable pedazo de tierra como Florida querer compararse con Texas, que, en lugar de venderse, se hizo ella misma independiente, expulsó a los mexicanos el 2 de marzo de 1836, y se declaró república federal después de la victoria alcanzada por Samuel Houston en las márgenes del San Jacinto sobre las tropas de Santa Ana! ¡Un país que se anexionó voluntariamente a Estados Unidos de América!

—¡Por miedo a los mexicanos!—respondió Florida.

¡Miedo! Desde el momento en que se pronunció esta palabra, demasiado fuerte en realidad, la polémica se hizo intolerable. Era de temer un enfrentamiento entre los dos partidos en las calles de Baltimore. La policía tuvo que proteger a los diputados.

El presidente Barbicane se hallaba en un atolladero. Llegaban continuamente a sus manos notas, documentos y cartas repletas de amenazas. ¿Cómo podría tomar una decisión? Bajo el punto de vista de la posición, facilidad de comunicaciones y rapidez de transportes, los derechos de los dos Estados eran perfectamente iguales. En cuanto a las personalidades políticas, nada tenían que ver en el asunto.

La vacilación y la perplejidad se habían prolongado ya demasiado tiempo y ofrecían visos de perpetuarse, por lo que Barbicane trató de salir resueltamente del paso, ocurriéndosele una solución que era indudablemente la más discreta.

—Después de analizarlo todo con sumo cuidado—dijo—, es evidente que las dificultades suscitadas por la rivalidad de Texas y Florida se reproducirían entre las ciudades del Estado favorecido. Pero Texas tiene once ciudades que gozan de las condiciones requeridas, y las once, disputándose el honor de la empresa, nos crearían nuevos conflictos, al paso que Florida sólo tiene a Tampa. Optemos, pues, por Florida.

Esta disposición, apenas fue conocida, puso a los diputados de Texas de un humor de perros. Se apoderó de ellos un furor indescriptible, y dirigieron provocaciones directas a los distintos miembros del Gun-Club. Los magistrados de Baltimore no podían tomar más que un partido, y lo tomaron. Mandaron preparar un tren especial y metieron en él de grado o por fuerza a los tejanos.

Pero por precipitado que fuese su forzoso viaje, aún tuvieron tiempo de lanzar un último sarcasmo amenazador a sus adversarios. Aludiendo a la poca extensión de Florida, península en miniatura encerrada entre dos mares, se consolaron con la idea de que no resistiría la sacudida del disparo y saltaría al primer cañonazo.

—¡Que salte!—respondieron los ciudadanos de Florida, con un laconismo digno de los tiempos antiguos.

12

Urbi et orbi

Resueltas las dificultades astronómicas, mecánicas y topográficas, se presentaba la cuestión económica. Se trataba nada menos que de conseguir una enorme cantidad para la ejecución del proyecto. Ningún particular, ningún Estado hubiera podido disponer de los millones necesarios.

Aunque la empresa fuese norteamericana, el presidente Barbicane tomó la decisión de darle carácter universal, para poder solicitar su cooperación a todas las naciones. Era a la vez un derecho y un deber de toda la Tierra intervenir en los negocios de su satélite. Abrióse con este objeto una suscripción que se extendió desde Baltimore al mundo entero, *urbi et orbi*.

La suscripción iba a superar todas las expectativas, por más que se tratase de una donación y no de un préstamo. La operación, en el sentido literal de la palabra, era puramente desinteresada, sin la más remota probabilidad de beneficio.

Pero el efecto de la comunicación de Barbicane no se había limitado a los ciudadanos de Estados Unidos, sino que había salvado el Atlántico y el Pacífico, invadiendo a la vez Asia y Europa, Africa y Oceanía. Los observatorios de la Unión se pusieron inmediatamente en contacto con los de los países extranjeros. Algunos, los de París, San Petersburgo, El Cabo, Berlín, Altona, Estocolmo, Varsovia, Hamburgo, Budha, Bolonia, Malta, Lisboa, Benarés, Madrás y Pekín cumplimentaron al Gun-Club; los demás se mantuvieron en una prudente expectativa.

En cuanto al Observatorio de Greenwich, con el beneplácito de los otros veintidós centros astronómicos de la Gran Bretaña, no perdió el tiempo en circunloquios; negó terminantemente su colaboración a un experimento que consideraba un fracaso anticipado, y se colocó sin vacilar en el bando del capitán Nicholl, cuyas teorías asumió públicamente sin la menor reserva. De modo que, mientras otras sociedades científicas pro-

Abrióse una suscripción que se extendió desde Baltimore al mundo entero…

metían enviar delegados a Tampa, los astrónomos de Greenwich pasaron por alto la proposición de Barbicane, sin concederle ni la menor importancia. La rivalidad entre Inglaterra y Estados Unidos encontraba un nuevo motivo de exaltación.

Pero en el mundo científico en general, la reacción fue extraordinaria, y desde éste se propagó a todas las clases de la sociedad, que acogieron el proyecto con el mayor entusiasmo. Este hecho era de una importancia inmensa, tratándose de una suscripción para reunir un capital considerable.

El 8 de octubre, el presidente Barbicane redactó un manifiesto capaz de entusiasmar a las piedras, en el cual hacía un llamamiento *a todos los hombres de buena voluntad que pueblan la Tierra*. Aquel documento, traducido a todos los idiomas, tuvo un éxito portentoso.

Se abrió suscripción en las principales ciudades de la Unión para centralizar fondos en el Banco de Baltimore, y luego se establecieron también centros de recaudación en los diferentes Estados de los dos continentes:

En Viena, S. M. Rothschild.
En San Petersburgo, Stieglitz y Compañía.
En París, el Crédito Mobiliario.
En Estocolmo, Tottie y Arfuredsen.
En Londres, N. M. Rothschild e hijos.
En Turín, Ardouin y Compañía.
En Berlín, Mendelssohn.
En Ginebra, Lombard Odier y Compañía.
En Constantinopla, el Banco Otomano.
En Bruselas, S. Lambert.
En Madrid, el Banco Español.
En Amsterdam, el Crédito Neerlandés.
En Roma, Torlonia y Compañía.
En Lisboa, Lecesno.
En Copenhague, el Banco Privado.
En Buenos Aires, el Banco Moun.
En Río de Janeiro, el Banco Moun.
En Valparaíso, Tomás La Chambre y Compañía.
En México, Martín Durán y Compañía.
En Lima, Tomás La Chambre y Compañía.
En Montevideo, el Banco Moun.

Tres días después del manifiesto del presidente Barbicane, se habían recaudado en las diferentes ciudades de la Unión 4.000.000 de dólares con los cuales el Gun-Club pudo empezar a trabajar.

Cuatro días más tarde, el telégrafo anunciaba que en el extranjero se habían recaudado sumas astronómicas. Algunos países se distinguían por su generosidad, pero otros no aportaban el dinero tan fácilmente. Cuestión de temperamento.

Rusia para cubrir su parte, aportó la enorme suma de 368.733 rublos.

Francia empezó riéndose de la pretensión de los americanos. Sirvió la Luna de pretexto a mil chistes y comentarios trasnochados y a dos docenas de sainetes en que el mal gusto y la ignorancia se daban la mano. Pero así como en otro tiempo los franceses soltaron el dinero después de cantar, esta vez lo soltaron después de reír, y colaboraron con 253.930 francos. A este precio, derecho tenían a divertirse un poco.

Austria, si tenemos en cuenta el mal estado de su economía, se mostró bastante generosa. Su parte en la contribución se elevó a 210.000 florines, que fueron bien recibidos.

Suecia y Noruega enviaron 52.000 rixdales. Esta cantidad habría sido mayor si se hubiese abierto la suscripción en Cristianía al mismo tiempo que en Estocolmo. Por alguna razón, a los noruegos no les gusta enviar su dinero a Suecia.

Prusia demostró la consideración que le merecía la empresa enviando 250.000 táleros. Todos sus observatorios se suscribieron por una cantidad importante y fueron los que más procuraron alentar al presidente Barbicane.

Turquía se condujo generosamente, pues, siendo la Luna la que regula el curso de sus años y su ayuno del Ramadán, se hallaba expresamente interesada en el asunto. No podía enviar menos de 1.372.640 piastras y las dio con una espontaneidad que revelaba, sin embargo, cierta presión del Gobierno otomano.

Bélgica se distinguió entre todos los Estados de segundo orden con un donativo de su 513.000 francos, que vienen a corresponder a doce céntimos por habitante.

Holanda y sus colonias se interesaron en la cuestión por 110.000 florines, pidiendo una rebaja del 5% por pagarlos al contado.

Dinamarca, cuyo territorio es muy reducido, dio sin embargo 9.000 ducados finos, lo que confirma la afición de los daneses a las expediciones científicas.

La Confederación Germánica contribuyó con 34.285 florines. No se le podía pedir más, y aunque se le hubiera pedido, se hubiera negado en redondo.

Italia, aunque llena de deudas, encontró 200.000 liras en los bolsillos de sus hijos, pero dejándolos limpios como una patena. Si hubiera tenido Venecia hubiera aportado más, pero no era así.

Los Estados Pontificios no creyeron deber enviar menos de 7.040 escudos romanos, y Portugal llegó a desprenderse en aras de la ciencia de 30.000 cruceiros.

En cuanto a México, no pudo dar más que 86.000 pesos fuertes, pues los imperios, cuando se fundan, andan algo apurados.

Doscientos cincuenta y siete francos fueron el modesto tributo de Suiza para la obra norteamericana... Digamos francamente que Suiza no conseguía ver el lado práctico de la operación; no consideraba que el acto de enviar una bala a la Luna fuese de tal naturaleza que estableciese relaciones diplomáticas con el astro de la noche, y estimó que era poco prudente aventurar sus capitales en una empresa tan problemática. Si bien se piensa, los suizos tal vez tuvieran razón.

España aportó 100.000 reales, cifra que teniendo en cuenta el estado del país, era más de lo que podía esperarse.

Quedaba Inglaterra. Conocida es la desdeñosa antipatía con que acogió la proposición de Barbicane. Los ingleses no tienen más que una sola alma para los veinticinco millones de habitantes que encierra la Gran Bretaña. Dieron a entender que la empresa del Gun-Club era contraria al principio de no intervención y no soltaron ni un céntimo.

A esta noticia, en el Gun-Club se limitaron a encogerse de hombros, y siguieron con su trabajo. En cuanto a América del Sur, Perú, Chile, Brasil, las provincias de la Plata y Colombia remitieron a Estados Unidos 30.000 pesos. El Gun-Club se encontró con un capital considerable, cuyo resumen es el siguiente:

Suscripción de Estados Unidos	4.000.000 de dólares
Suscripciones extranjeras	1.446.675 dólares
TOTAL	5.446.675 dólares

La totalidad de esta suma entró en las arcas del Gun-Glub. No debe sorprender la importancia de la suma. Los trabajos de fundición, perforación y albañilería, el transporte de los operarios, su permanencia en un país casi deshabitado, la construcción de hornos y andamios, las herramientas, la pólvora, el proyectil y los gastos imprevistos consumirían este presupuesto. Algunos cañonazos de la guerra civil costaron 1.000 dólares y, por consiguiente, bien podía costar 5.000 veces más el del presidente Barbicane, único en los fastos de la artillería.

El 20 de octubre se firmó un contrato con la fábrica de fundición de Goldspring, cerca de Nueva York, que se comprometió a transportar a Tampa, en Florida meridional, el material necesario para la fundición del *Columbia*.

Como máximo, la operación tendría que quedar terminada el 15 del próximo octubre, y entregado el cañón en buen estado, bajo pena de una indemnización de 100 dólares por día hasta el momento en que la Luna volviese a estar en las mismas condiciones requeridas, es decir, tras dieciocho años y once días.

El ajuste y pago de salario de los trabajadores y las demás atenciones de esta índole correrían a cargo de la compañía de Goldspring.

Este convenio, hecho por duplicado y de buena fe, fue firmado por I. Barbicane, presidente del Gun-Club y por J. Murchisson, director de la fábrica de Goldspring, que aprobaron la escritura en todas sus partes.

13

Stone's Hill

Hecha ya la elección por los miembros del Gun-Club en detrimento de Texas, los americanos de la Unión, que saben todos leer, se impusieron la obligación de estudiar la geografía de Florida. Nunca jamás habían vendido los libreros tantos ejemplares de *Bartram's travel in Florida*, de *Roman's natural history of East and West Florida*, de *William's Territory of Florida*, de *Sleland on the Culture of the Sugar Cane in East Florida*. Fue preciso reimprimir todas las ediciones. Aquello era el delirio.

Barbicane tenía que hacer algo más que leer. Quería ver con sus propios ojos y marcar el emplazamiento del *Columbia*. Sin perder un instante, puso a disposición del Observatorio de Cambridge los fondos necesarios para la construcción de un telescopio, y entró en tratos con la casa Breadwill y Compañía de Albany para la fabricación del proyectil de aluminio. A continuación, partió de Baltimore, acompañado de J. T. Maston, del mayor Elphiston y del director de la fábrica de Goldspring.

Al día siguiente, los cuatro compañeros de viaje llegaban a Nueva Orleáns, donde se embarcaron inmediatamente en el *Tampico,* aviso-escolta de la marina federal, que el Gobierno ponía a su disposición, y calentadas las calderas, las orillas de Louisiana se perdieron pronto en la lejanía.

La travesía no fue larga. Dos días después de partir, el *Tampico,* que había recorrido 480 millas, avistaba las costas de Florida. Al acercarse a éstas, Barbicane se halló en presencia de tierras bajas y llanas, de aspecto bastante árido. Después de haber costeado una cadena de ensenadas materialmente cubiertas de ostras y cangrejos, el *Tampico* entró en la bahía del Espíritu Santo.

Dicha bahía se divide en dos prolongadas radas; la rada de Tampa y la rada de Hillisboro, por cuya boca penetró el buque. Poco tiempo después el fuerte Broke descubrió sus baterías rasantes por encima de las olas, y apareció la ciudad de Tampa, negligentemente resguardada en el fondo de un puertecillo natural formado por la desembocadura del río Hillisboro.

Allí fondeó el *Tampico,* el 22 de octubre, a las siete de la tarde, y los cuatro pasajeros desembarcaron inmediatamente. Barbicane sintió palpitar con violencia su corazón al pisar tierra; parecía tantearla con el pie, como hace un arquitecto con una casa, cuya solidez desea comprobar. J. T. Maston escarbaba el suelo con su mano postiza.

—Señores—dijo entonces Barbicane—, no tenemos tiempo que perder. Mañana mismo montaremos a caballo para empezar a explorar el país.

En el mismo momento de echar pie tierra salieron a su encuentro los 3.000 habitantes de Tampa. Bien merecía este honor el presidente del Gun-Club, que les había hecho objeto de sus preferencias. Fue acogido con formidables aclamaciones; pero él se sustrajo a la ovación, se encerró en un cuarto de la fonda de *Franklin* y no quiso recibir a nadie. Decididamente no le sentaba bien el oficio de hombre célebre.

Al día siguiente, 23 de octubre, algunos caballos de raza española, de poca alzada, pero de mucho vigor y brío, relinchaban bajo sus ventanas. Pero no eran cuatro, sino cincuenta, con sus correspondientes jinetes. Barbicane, acompañado de sus tres camaradas, bajó y al pronto quedó estupefacto viéndose en medio de aquella cabalgata. Notó que cada jinete llevaba una carabina en bandolera y un par de pistolas al cinto. Un joven del país le explicó inmediatamente la razón de este despliegue de fuerzas.

—Señor—dijo—, hay semínolas.

—¿Qué son semínolas?

—Salvajes que recorren las praderas, y nos ha parecido prudente escoltaros.

—¡Bah!—dijo desdeñosamente J. T. Maston, montando a caballo.

—Siempre es bueno tomar precauciones—respondió uno de los jinetes.

—Señores—repuso Barbicane—, os agradezco vuestra atención. Partamos.

La cabalgata se puso en movimiento y desapareció en una nube de polvo. Eran las cinco de la mañana: el sol resplandecía ya y el termómetro señalaba 84° Farenheit (28° centígrados), pero frescas brisas del mar moderaban la temperatura.

Al salir de Tampa, Barbicane bajó hacia el sur y siguió la costa, ganando el *creek* de Aliña. Este arroyo desagua en la bahía de Hillisboro, doce millas al sur de Tampa. Barbicane y su escolta costearon la orilla derecha, remontando hacia el este. Las olas de la bahía desaparecieron tras una quebrada del terreno, y únicamente se ofreció a su vista la campiña.

Florida se divide en dos partes: una al norte, más habitada y, menos abandonada, que tiene por capital a Tallahassee y posee uno de los principales arsenales navales de Estados Unidos, Pensacola; la otra, que se adentra en el golfo de México, no es más que una angosta península bañada por la corriente del Gulf-Stream, punta de tierra perdida en medio de un pequeño archipiélago, constantemente doblada por los barcos procedentes del canal de Bahamas. Esta punta es el centinela avanzado del golfo de las grandes tempestades. El Estado tiene una superficie de 38.035.267 acres —algo más de 15.000 km²—, en los cuales tenían que encontrar un lugar adecuado para emplazar el cañón, situado más acá del paralelo de 28°.

Florida, descubierta por Juan Ponce de León en 1512, el Domingo de Ramos, debió a esta circunstancia el nombre que ostentó en un principio: Pascua Florida. No la hacían en verdad muy digna de él sus costas áridas y abrasadas. Pero a algunas millas de la playa, la naturaleza del terreno se fue modificando poco a poco, y el país se mostró acreedor de su denominación primitiva. El terreno presentaba toda una red de ríos, manantiales, estanques y lagos que le daban un aspecto parecido al que tienen Holanda y Guayana; pero el terreno se fue elevando sensiblemente y no tardó en mostrar sus llanuras cultivadas, donde se daban admirablemente todos los cultivos vegetales del norte y del mediodía. El sol de los trópicos y las aguas retenidas por los suelos arcillosos compensan con creces los gastos de cultivo de su inmensa vega. Praderas de ananas, de tabaco, de arroz, de algodón y de caña de azúcar se extienden hasta perderse de vista, ofreciendo su riqueza con la más espontánea prodigalidad.

Mucho satisfacía a Barbicane la progresiva elevación del terreno. Cuando J. T. Maston le interrogó sobre el particular, le respondió:

—Amigo mío, tenemos el mayor interés en fundir nuestro *Columbia* en un terreno elevado.

—¿Para estar más cerca de la Luna?—preguntó burlonamente el secretario del Gun-Club.

—No—respondió Barbicane sonriendo—. ¿Qué importan algunas toesas más o menos? Pero en terreno elevado la ejecución de nuestros trabajos sera mas fácil. No tendremos que luchar con las aguas, lo que nos permitirá prescindir de todo un sistema de tuberías largo y complejo, cosa digna de consideración cuando se trata de abrir un pozo de 900 pies de profundidad.

—Tenéis razón—dijo el ingeniero Murchisson—. Debemos evitar en lo posible los cursos de agua durante la perforación: Pero si encontramos manantiales no nos vamos a amilanar por eso: los agotaremos con nuestras máquinas o los desviaremos. No se trata de un pozo artesiano estrecho y oscuro, en que la terraja, el cubo, la sonda, en definitiva, todos los instrumentos de perforación trabajan a ciegas. Nosotros trabajaremos al aire libre, a plena luz, con el azadón o el pico en la mano. Y con el auxilio de barrenos saldremos pronto del paso.

—Sin embargo—respondió Barbicane—, si por la elevación o la naturaleza del terreno podemos evitar enfrentarnos con aguas subterráneas, el trabajo será más rápido y resultará más perfecto. Procuremos, pues, abrir nuestra zanja en un terreno situado a algunos centenares de toesas por encima del nivel del mar.

—Tenéis razón, Barbicane. Y si no me engaño, no tardaremos en encontrar el sitio que nos conviene.

—¡Ah! Ya quisiera haber dado el primer golpe de pico—dijo el presidente.

—¡Y yo el último!—exclamó J. T. Maston.

—Todo se andará, señores—respondió el ingeniero—. La compañía de Goldspring no tendrá que pagar indemnización alguna por causa de retraso.

—¡Por Santa Bárbara!—replicó J. T. Maston—. Cien dólares al día hasta que la Luna se vuelva a presentar en las mismas condiciones, es decir, durante dieciocho años y once días, supondrían una suma de seiscientos cincuenta mil dólares. ¿Lo saben ustedes?

—No tenemos necesidad de saberlo—respondió el ingeniero.

A las diez de la mañana, la comitiva había avanzado unas 12 millas. A los campos fértiles sucedió entonces la región de los bosques. Allí se presentaban las esencias más variadas con una profusión tropical. Aquellos bosques casi impenetrables estaban formados por granados, naranjos, limoneros, higueras, olivos, albaricoqueros, bananeros y cepas de viña, cuyos frutos y flores rivalizaban en colores y perfumes. A la olorosa sombra de aquellos árboles magníficos cantaban y volaban numerosísimas aves de brillantes colores, entre las cuales se distinguían muy particularmente las cangrejeras, cuyo nido tendría que ser un estuche de guardar joyas para ser digno de su magnífico plumaje.

J. T. Maston y el mayor no podían hallarse en presencia de aquella naturaleza opulenta sin admirar su espléndida belleza. Pero el presidente Barbicane, poco sensible a tales maravillas, tenía prisa. Aquel país tan fértil le desagradaba por su fertilidad misma. Sin ser hidróscopo sentía el agua bajo sus pies, y buscaba, aunque en vano, señales de una aridez incontestable.

Siguieron avanzando y tuvieron que vadear varios ríos, no sin cierto peligro, porque estaban infectados de caimanes de 15 a 18 pies de largo. J. T. Maston les amenazó con su temible mano postiza, pero sólo consiguió asustar a los pelícanos y los faetones, salvajes habitantes de aquellas costas, mientras los grandes flamencos de color rosa le miraban como embobados.

Aquellos huéspedes de las regiones húmedas desaparecieron a su vez, y árboles menos corpulentos aparecieron, formando bosques menos densos. Algunos grupos aislados se destacaban en medio de llanuras infinitas, cruzadas por rebaños de gansos azorados.

—¡Por fin llegamos!—exclamó Barbicane, levantándose sobre los estribos—. ¡He aquí la región de los pinos!

—Y la de los salvajes—respondió el mayor.

En efecto, algunos semínolas habían aparecido a lo lejos, agitándose, revolviéndose, corriendo de un lado a otro montados en rápidos caballos, blandiendo largas lanzas o descargando sus fusiles con un estampido sordo. Se limitaron a estas demostraciones hostiles, sin inquietar a Barbicane y a sus compañeros.

Estos se encontraban entonces en el centro de una llanura pedregosa, vasto espacio descubierto con una superficie de algunos acres, que el sol sumergía en abrasadores rayos. Ofrecía al parecer a los miembros del Gun-Club todas las condiciones que requería la colocación del *Columbia*.

—¡Alto!—dijo Barbicane, deteniéndose—. ¿Cómo se llama este lugar?

—Stone's Hill—respondió uno de los lugareños.

Barbicane, sin decir una palabra, se apeó, sacó sus instrumentos y empezó a determinar la posición del lugar con la mayor precisión. La escolta, agolpada en torno suyo, le observaba silenciosa.

El sol pasaba en aquel momento por el meridiano. Barbicane, después de algunas observaciones, apuntó rápidamente su resultado y dijo:

—Este punto está situado a 300 toesas sobre el nivel del mar, en 27° 7' de latitud norte y 5° 7' de longitud oeste. Me parece que por su naturaleza árida y pedregosa presenta todas las condiciones que el experimento requiere. En esta llanura, pues, levantaremos nuestros almacenes, nuestros talleres, nuestros hornos, los asentamientos para los trabajadores, y desde aquí, desde aquí mismo—repitió golpeando con el pie en el suelo—, desde aquí, desde la cúspide de Stone's Hill, nuestro proyectil volará a los espacios del mundo solar.

14

Zapapico y pala

Aquella misma tarde Barbicane y sus compañeros regresaron a Tampa, y el ingeniero Murchisson se volvió a embarcar en el *Tampico*, con destino a Nueva Orleáns. Tenía que reclutar un ejército de trabajadores y recoger la mayor parte del material. Los miembros del Gun-Club se quedaron en Tampa para organizar los primeros trabajos con la ayuda de los lugareños.

Ocho días después de su partida, el *Tampico* regresaba a la bahía del Espíritu Santo acompañado de una flotilla de buques de vapor. Murchisson había reunido quinientos trabajadores. En los malos tiempos de la esclavitud le hubiera sido imposible. Pero desde que América, la tierra de la libertad, no abrigaba en su seno más que hombres libres, éstos acudían donde quiera que les llamase un trabajo generosamente retribuido. Y el Gun-Club no carecía de dinero, y ofrecía a sus trabajadores un buen salario, con gratificaciones considerables y proporcionadas. El operario reclutado para Florida podía contar, concluidos los trabajos, con un capital depositado a su nombre en el banco de Baltimore. Murchisson tuvo, pues, donde escoger, y pudo manifestarse exigente en cuanto a la inteligencia y habilidad de sus trabajadores. Es de suponer que formó su laboriosa legión con la flor y nata de los maquinistas, fogoneros, fundidores, mineros, albañiles y artesanos de todo género, negros o blancos, sin distinción de colores. Muchos partieron con su familia. Aquello era una verdadera emigración.

El 31 de octubre, a las diez de la mañana, la legión desembarcó en los malecones de Tampa, y fácilmente se comprende el movimiento y actividad que reinaban en aquella pequeña ciudad, cuya población se duplicaba en un día. En efecto, Tampa debía ganar mucho con aquella iniciativa del Gun-Club y, no precisamente por el número de trabajadores que se dirigieron inmediatamente a Stone's Hill, sino por la afluencia de curiosos que convergieron poco a poco de todos los puntos del globo hacia la península de Florida.

Se emplearon los primeros días en descargar los utensilios que transportaba la flotilla, las máquinas, los víveres y también un gran número de casas de palastro compuestas de piezas desmontadas y numeradas. Al mismo tiempo, Barbicane trazaba una vía férrea de 15 millas para poner en comunicación Stone's Hill con Tampa.

Nadie ignora lo que es un ferrocarril norteamericano. Caprichoso en sus curvas, atrevido en sus pendientes, despreciando terraplenes, desmontes y obras de arte, escalando colinas, precipitándose por los valles; el ferrocarril corre a ciegas y, sin preocuparse por la línea recta, no es muy costoso, ni ofrece grandes dificultades de construcción, pero los trenes descarrilan con completa libertad. El camino de Tampa a Stone's Hill no fue más que una bagatela, y su construcción no requirió mucho tiempo, ni tampoco mucho dinero.

Por lo demás, Barbicane era el alma de aquella muchedumbre que acudió a su llamamiento. El la alentaba, ella animaba, él le comunicaba su energía, su entusiasmo, su convicción. Estaba en todas partes, como si hubiese estado dotado del don de la ubicuidad, seguido siempre por J. T. Maston. Para él no existían obstáculos, ni dificultades, ni problemas; era minero, albañil y maquinista tanto como artillero, ofreciendo respuesta a todas las preguntas y soluciones a los problemas. Mantenía una correspondencia activa con el Gun-Club y con la fábrica de Goldspring, y día y noche, con las calderas encendidas y el vapor a presión, el *Tampico* aguardaba sus órdenes en la rada de Hillisboro.

El 1 de noviembre, Barbicane salió de Tampa con un destacamento de trabajadores, y al día siguiente se había levantado alrededor de Stone's Hill una ciudad de casas prefabricadas, protegida por una empalizada. Por su movimiento, por su actividad, poco o nada tenía que envidiar a las mayores ciudades de la Unión. Se reglamentó disciplinariamente el régimen de vida y empezaron las obras ordenadamente.

Una serie de minuciosos estudios permitieron establecer la naturaleza del terreno. Los trabajos de excavación comenzaron el día 4 de noviembre. Aquel día Barbicane reunió a los maestros de taller y les dijo:

—Todos conocéis, el motivo por el cual os he reunido en esta parte salvaje de Florida. Vamos a fundir un cañón de nueve pies de diámetro interior, seis pies de grueso en sus paredes y diecinueve y medio de revestimiento de piedra. Por consiguiente es preciso abrir una zanja que tenga de ancho sesenta pies y una profundidad de novecientos. Esta obra considerable debe concluirse en ocho meses; por consiguiente, tenéis que sacar, en doscientos cincuenta y cinco días, dos millones quinientos cuarenta y tres mil pies cúbicos de tierra, es decir, diez mil pies cúbicos al día. Esto, que no ofrecería ninguna dificultad a mil operarios que trabajasen con holgura, será más penoso en un espacio relativamente limitado. Sin embargo, puesto que es un trabajo que se ha de hacer, lo haremos. Para ello cuento tanto con vuestro ánimo como con vuestra destreza.

A las ocho de la mañana se hundió el primer pico en el terreno de Florida, y desde entonces el poderoso instrumento no tuvo en manos de los mineros un solo momento de reposo. Los grupos de operarios se relevaban de seis en seis horas.

Por colosal que fuese la operación, no superaba los límites de las fuerzas humanas. ¡Cuántos trabajos más difíciles se habían llevado felizmente a cabo! Sin hablar más que de obras análogas, baste citar el *Pozo del Tío José*, construido cerca de El Cairo por el sultán Saladino, en una época en que las máquinas aún no habían completado la fuerza del hombre. Dicho pozo baja al nivel del Nilo, a una profundidad de 300 pies. ¡Y aquel otro pozo abierto en Coblenza por el margrave Juan de Baden, hasta una profundidad de 600! Pues bien, ¿de qué se trataba en última instancia? De triplicar esta profundidad y duplicar su anchura, lo que haría la perforación más fácil. Así que no había peón, ni oficial, ni maestro que dudase del éxito de la operación.

Una importante decisión, tomada por el ingeniero Murchisson de acuerdo con el presidente Barbicane, debería acelerar más y más la marcha de los trabajos. Por un artículo del contrato, el *Columbia* debía estar reforzado por zunchos de hierro forjado. Estas abrazaderas eran un lujo de precauciones inútiles: el cañón podía prescindir de ellas sin el menor riesgo. Por tanto, se suprimió dicha cláusula, con lo que se economizaba mucho tiempo, porque se pudo entonces emplear el nuevo sistema de perforación adoptado actualmente en la construcción de los pozos, en que la perforación y la obra de mampostería se hacen al mismo tiempo. Gracias a este sencillo procedimiento, no hay necesidad de apuntalar la tierra, pues la pared misma la contiene con un poder inquebrantable.

Esta maniobra no debía empezar hasta que se alcanzase la parte sólida del terreno.

El 4 de noviembre, cincuenta trabajadores abrieron en el centro mismo del recinto cercado —es decir, en la parte superior de Stone's Hill—, un agujero circular de 60 pies de ancho.

El pico encontró primero una especie de tierra negra, de seis pies de profundidad, que no fue difícil de perforar. Sucedieron a este terreno dos pies de arena fina, que se sacó y conservó con sumo cuidado, porque serviría para la construcción del molde interior.

Después de la arena apareció una arcilla blanca bastante compacta, parecida a la marga inglesa. Tenía cuatro pies de espesor. Luego el hierro de los picos echó chispas bajo la dura capa de la tierra, que era una especie de roca formada de conchas petrificadas, muy seca, muy sólida, y con la cual tuvieron en lo sucesivo que luchar siempre los instrumentos. En aquel punto, el agujero tenía una profundidad de seis pies y medio, y empezaron los trabajos de albañilería.

En el fondo de la excavación se levantó un torno de encina, una especie de disco muy asegurado con pernos y de una solidez a toda prueba. Tenía en su centro una cavidad de diámetro igual al que debía tener el *Columbia* exteriormente. Sobre aquel aparato se asentaron las primeras hiladas de piedras, unidas con inflexible tenacidad por un cemento de hormigón hidráulico. Los albañiles, después de haber trabajado de la periferia hacia el centro, se hallaron dentro de un pozo que tenía veinticinco pies de ancho.

Terminada esta obra, los mineros volvieron a coger el pico y la pala para atacar la roca debajo del disco mismo, procurando sostenerlo con caballetes de mucha solidez; estos pies derechos se quitaban sucesivamente a medida que se iba ahondando el agujero. Así, el disco iba bajando poco a poco y con él la pared circular de mampostería, en cuya parte superior trabajaban incesantemente los albañiles, dejando respiraderos para que durante la fundición tuviera salida el gas.

Este tipo de trabajo exige de los obreros mucha habilidad y cuidado. Algunos de ellos, cavando bajo el disco, fueron peligrosamente heridos por los pedazos de piedra que saltaban y hasta hubo alguna muerte; pero estos percances del oficio no reducían ni un solo minuto el ardor de los trabajadores. Trabajaban éstos durante el día a la luz de un sol que algunos meses después daba a aquellas calcinadas llanuras un calor de 99 grados. Trabajaban durante la noche, envueltos en los resplandores de la luz eléctrica. El ruido de los picos rompiendo las rocas, el estampido de los barrenos, el chirrido de las máquinas, los torbellinos de humo que se agitaban en el aire trazaban alrededor de Stone's Hill un círculo de terror que no se atrevían a romper las manadas de bisontes ni las partidas de semínolas.

Las obras avanzaban regularmente. Grúas movidas por la fuerza del vapor activaban el traslado de los materiales, encontrándose pocos obstáculos inesperados, pues todas las dificultades estaban previstas y había habilidad para superarlas con una precisión admirable.

En un mes el pozo había alcanzado la profundidad proyectada para esta fecha es decir, 112 pies. En diciembre, esa profundidad se duplicó, y se triplicó en enero. En febrero, tuvieron los trabajadores que combatir una capa de agua que apareció de improviso, viéndose obligados a recurrir a poderosas bombas y aparatos de aire comprimido para agotarla y a tapar los orificios como se ciega una vía de agua a bordo de un barco. Se dominaron aquellas corrientes, pero a consecuencia de la poca consistencia del terreno, el disco cedió algo, y se produjo un derrumbamiento parcial. El accidente fue terrible, naturalmente, y costó la vida a algunos trabajadores. Tres semanas se tardó en reparar la avería y en restablecer el disco, devolviéndole sus condiciones de solidez; pero, gracias a la habilidad del ingeniero y a la potencia de las máquinas empleadas, la estructura, por un instante amenazada, recuperó su solidez, y la perforación siguió adelante.

Ningún otro incidente paralizó a partir de entonces la marcha de la operación, y el 10 de junio, veinte días antes de expirar el plazo fijado por Barbicane, el pozo, enteramente revestido de su muro de piedra, había alcanzado una profundidad de 900 pies. En el fondo, la mampostería descansaba sobre un cubo macizo que medía 30 pies de grueso, mientras su parte superior se hallaba a nivel del suelo.

El presidente Barbicane y los miembros del Gun-Club felicitaron con efusión al ingeniero Murchisson, cuyo trabajo ciclópeo se había llevado a cabo con una rapidez asombrosa.

Durante los ocho meses que se invirtieron en dicho trabajo, Barbicane no se apartó un instante de Stone's Hill, y al tiempo vigilaba de cerca las operaciones de la excavación y no olvidaba un solo instante el bienestar y salud de los trabajadores, siendo bastante afortunado en evitar las epidemias que suelen engendrarse en las grandes aglomeraciones de hombres y que tantos desastres causan en las regiones del globo expuestas a todas las influencias tropicales.

Es cierto que algunos trabajadores pagaron con su vida las imprudencias inherentes a los trabajos peligrosos. Pero estas deplorables catástrofes son inevitables, y los norteamericanos no les prestan demasiada atención. Se cuidan más de la humanidad en general que del individuo en particular. Por excepción, Barbicane tenía exactamente la convicción contraria, y la aplicaba en todas las ocasiones. De modo que, gracias a su solicitud, a su inteligencia y a su prodigiosa y filantrópica sagacidad, el término medio de accidentes no excedió al de los países de Ultramar citados por su lujo de precauciones, entre otros Francia, donde se cuenta con un accidente por cada 200.000 francos de trabajo.

15

La fiesta de la fundición

Durante los ocho meses que se invirtieron en la operación de la zanja, se hicieron al tiempo los preparativos de la fundición, con suma rapidez. Un forastero que, sin estar en antecedentes, hubiese llegado por sorpresa a Stone's Hill, hubiera quedado atónito ante el espectáculo que se ofrecía antes sus ojos.

A seiscientas yardas de la zanja se levantaban mil doscientos hornos de seiscientos pies de ancho cada uno, situados circularmente alrededor de la zanja misma, que era su punto central, separados uno de otro por un intervalo de media toesa. Los mil doscientos hornos formaban una línea de dos millas. Estaban todos calcados sobre el mismo modelo, con una alta chimenea cuadrangular, y producían un singular efecto. Soberbia parecía a J. T. Maston aquella disposición arquitectónica que le recordaba los monumentos de Washington. Para él no había nada más bello ni aun en Grecia, donde según él mismo decía, no había estado nunca.

Sabido es que, en su tercera sesión, la Comisión resolvió utilizar hierro fundido, en concreto hierro fundido gris, que es, sin duda un metal resistente, dúctil, de fácil pulimento, adecuado en concreto para todas las operaciones de moldeado. Tratado con carbón de piedra, es de una calidad superior para las piezas de gran resistencia, tales como cañones, cilindros de máquinas de vapor y prensas hidráulicas.

Pero el hierro fundido, si no ha sido sometido más que a una sola fusión, es rara vez bastante homogéneo, por lo que es sometido a una segunda fusión que lo depura de sus últimos restos de ganga.

Por lo mismo, el mineral de hierro, antes de ser enviado a Tampa, tratado en los altos hornos de Goldspring y puesto en contacto con carbón y silicio a altas temperaturas, se había transformado en fundición. Realizada esta operación, se dirigía el metal a Stone's Hill. Pero se trataba de 136.000.000 de libras de hierro fundido, que son una cantidad enorme para transportar por ferrocarril. El precio del transporte hubiera duplicado al de la mercancía. Pareció preferible fletar buques en Nueva York y cargarlos de hierro fundido en lingote, aunque para esto se necesitaron sesenta y ocho buques de mil toneladas de registro, una verdadera escuadra, que el 3 de mayo salió de Nueva York, entró en el océano, caboteó las costas americanas, penetró en el canal de Bahama, dobló la punta de Florida, y el 10 del mismo mes, remontando la bahía del Espíritu Santo, fondeó sin avería alguna en el puerto de Tampa. Allí el cargamento se trasladó a los vagones de ferrocarril de Stone's Hill y, a mediados de enero, la enorme cantidad de metal había llegado a su destino.

Es evidente que mil cien hornos no eran demasiados para fundir al mismo tiempo sesenta y ocho mil toneladas de hierro. Cada horno podía contener cerca de 114.000 libras de metal, y todos, construidos y dispuestos según el modelo de los que sirvieron para fundir el cañón Rodman, afectaban la forma de un trapecio y eran muy rebajados. El aparato para caldear y la chimenea se hallaban en los dos extremos del horno, que se calentaba por igual en toda su extensión. Los hornillos, hechos de tierra refractaria, constaban de una reja en que se colocaba el carbón de piedra y un crisol o laboratorio en que se ponían las barras que debían fundirse. El suelo de este crisol, inclinado en ángulo de 25°, permitía al metal derretido correr hacia los depósitos de recepción, de los cuales partían doce arroyos que fluían al pozo central.

Un día después de terminadas las obras de albañilería, Barbicane mandó proceder a la construcción del molde interior. La cuestión era levantar en el centro del pozo, siguiendo su eje, un cilindro de novecientos pies de altura y nueve pies de diámetro que llenase exactamente el espacio reservado al ánima del *Columbia*. Este cilindro debía componerse de una mezcla de tierra arcillosa y arena, a la que se añadían heno y paja. El espacio que quedase entre el molde y la obra de fábrica debía llenarlo el metal derretido para formar las paredes del cañón, con un grueso de seis pies. Para mantener equilibrado el cilindro, fue necesario reforzarlo con armaduras de hierro y sujetarlo a trechos por medio de puntales transversales. Después de la fundición, éstos puntales quedaban formando cuerpo común con el cañón mismo, sin que éste sufriese ningún perjuicio.

Terminada esta etapa el 8 de julio, podía procederse inmediatamente a la fundición, y se fijó ésta para el día siguiente.

—El acto de la fundición será una gran fiesta—dijo J. T. Maston a su amigo Barbicane.

—Sin duda—respondió Barbicane—, pero no será una fiesta pública.

—¡Cómo! ¿No abriréis las puertas del recinto a todo el que se presente?

—No haré semejante disparate, Maston; la fundición es una operación delicada, que puede también ser peligrosa, y prefiero que se realice a puerta cerrada. Al dispararse el proyectil, todo el bullicio que se quiera, pero antes, no.

En efecto, la operación podía dar origen a peligros imprevistos y además una gran afluencia de público dificultaría la libertad de movimientos en caso de tener que conjurar un peligro. De manera que a nadie se le permitió entrar en el recinto, a excepción de una delegación de individuos del Gun-Club que se había trasladado a Tampa. Figuraban en ella el entusiasta Bilsby, Tom Hunter, el coronel Blomsberry, el mayor Elphiston, el general Morgan, y otros, para quienes la fundición del *Columbia* era cuestión personal. Espontáneamente, J. T. Maston se convirtió en guía de tan ilustres visitantes; no les omitió ningún detalle; les condujo a todas partes, a los almacenes, a los talleres, a las máquinas, y les obligó a visitar, uno tras otro, los mil doscientos hornos idénticos. Al hacer la visita al último de ellos estaban algo cansados.

La fundición debía iniciarse a las doce en punto. La víspera se había invertido principalmente en cargar cada uno de los hornos con ciento catorce mil libras de lingotes de metal, colocadas de manera que dejasen algunos huecos para que el aire inflamado pudiese circular libremente. Desde la madrugada empezaron las mil doscientas chimeneas a vomitar

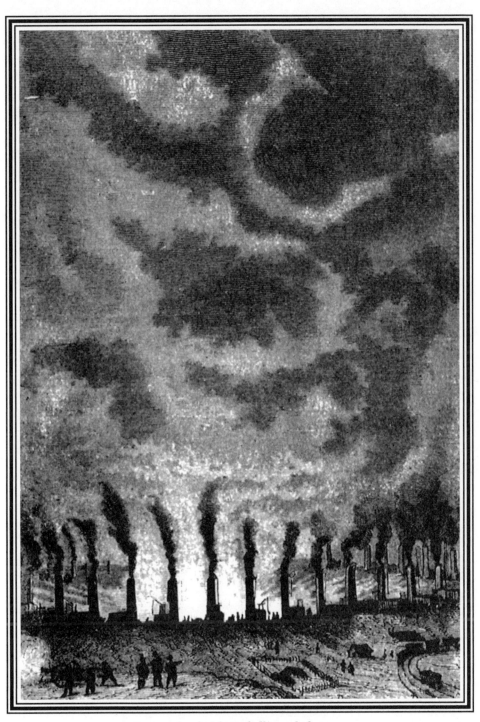

Lanzando al cielo torbellinos de humo...

a la atmósfera sus torrentes de llamas, y agitaban la tierra sordas trepidaciones. Había que quemar tanta cantidad de carbón como de metal. Había, pues, sesenta y ocho mil libras de carbón, que ocultaban el disco del sol con un denso cortinaje de humo negro.

No tardó en hacerse insoportable el calor en aquel circulo de hornos, cuyos ronquidos parecían truenos, aumentando el estrépito los poderosos ventiladores que, en su constante soplo, saturaban de oxígeno todos aquellos focos candentes.

El éxito de la operación dependía en gran parte de la rapidez con que se realizase la fundición. A una señal dada—un cañonazo—, todos los hornos a la vez deberían abrir paso al hierro colado y vaciarse por completo.

Tomadas estas disposiciones, maestros y trabajadores aguardaron el momento fijado con mucha impaciencia y también con cierta zozobra. No había nadie en el recinto, y cada maestro fundidor ocupaba su puesto cerca de los orificios por donde debía salir el metal derretido.

Barbicane y sus colegas contemplaban la operación desde una eminencia cercana, teniendo delante un cañón, pronto a dispararse a una señal del ingeniero.

Algunos minutos antes de dar las doce, empezó el metal a formar gotas que se iban dilatando, se fueron llenando poco a poco los receptáculos, y cuando el hierro se hubo fundido enteramente se le dejó reposar un poco, con el fin de facilitar la separación de las impurezas.

Dieron las doce, sonó de pronto un cañonazo, perdiéndose en el aire, como un relámpago, su momentáneo resplandor. Todas las aberturas se destaparon a la vez, y mil doscientas serpientes de fuego se arrastraron hacia el pozo central, desarrollando sus anillos candentes. Al llegar al pozo, se precipitaron a una profundidad de novecientos pies con espantoso estrépito. Aquel espectáculo era emocionante y magnífico. La tierra temblaba, y las olas de metal hirviente, lanzando al cielo torbellinos de humo, volatilizaban al mismo tiempo la humedad del molde y la arrojaban por los respiraderos del muro de piedra bajo la forma de impenetrables vapores. Aquellas nubes artificiales, subiendo hacia el cenit a una altura de quinientas toesas, desenvolvían sus densas espirales. Desde los límites de horizonte, alguien hubiera podido pensar en la formación de un nuevo cráter en las entrañas de Florida. Pero aquello no era una erupción, ni una tromba, ni una tempestad, ni una lucha de elementos, ni ninguno de los terribles fenómenos que es capaz de desatar la naturaleza. El hombre había creado aquellos vapores rojizos, aquellas gigantescas llamas, dignas de un volcán, aquellas trepidaciones estrepitosas, análogas a las sacudidas de un terremoto, aquellos mugidos que podían rivalizar con huracanes y borrascas, y era su mano quien precipitaba en un abismo abierto por ella misma todo un Niágara de metal derretido.

16

El *Columbia*

¿Había tenido éxito la operación? Sobre el particular no se podían hacer más que conjeturas. Todo, sin embargo, invitaba a creer que la fundición se había verificado debidamente, puesto que el molde había absorbido todo el metal fundido en los hornos. Pero nada se podía asegurar de una manera positiva. La prueba directa tenía que ser posterior.

En efecto, cuando el mayor Rodman fundió su cañón de ciento sesenta mil libras, el hierro tardó en enfriarse más de quince días. ¿Cuánto tiempo, pues, el monstruoso *Columbia,* coronado de torbellinos de vapor y protegido por su calor intenso, iba a ocultarse a las investigaciones de sus admiradores? Era difícil calcularlo.

Mientras tanto, la impaciencia de los miembros del Gun-Club quedó sometida a una dura prueba. Pero era necesario esperar, y más de una vez la curiosidad y el entusiasmo expusieron a J. T. Maston a asarse vivo. Quince días después de verificada la fundición, aún subía al cielo un inmenso penacho de humo, y el suelo abrasaba los pies en un radio de doscientos pasos alrededor de la cima de Stone's Hill.

Pasaron días y días, semanas y semanas. No había medio de enfriar el inmenso cilindro, al cual era imposible acercarse. Era preciso aguardar, y los miembros del Gun-Club contenían su impaciencia a duras penas.

—Ya estamos a 10 de agosto—dijo una mañana J. T. Maston—. ¡Faltan apenas cuatro meses para llegar al 1 de diciembre, y aún tenemos que sacar el molde interior, formar el ánima de la pieza y cargar el *Columbia*! ¿Tendremos tiempo? ¡Ni siquiera podemos acercarnos al cañón! ¿No se enfriará nunca? ¡Sería un chasco horrible!

En vano se trataba de calmar la impaciencia del secretario, Barbicane no despegaba los labios, pero su silencio ocultaba una sorda irritación. Verse absolutamente detenido por un obstáculo que sólo podía vencer el tiempo, enemigo temible en aquellas circunstancias, y estar a su merced, era duro para un hombre de guerra.

Sin embargo, las observaciones diarias permitieron comprobar modificaciones en el estado del terreno. Hacia el 15 de agosto, la intensidad y densidad de los vapores había disminuido notablemente. Algunos días después, la tierra ya no despedía más que un ligero vaho, último soplo del monstruo encerrado en su ataúd de piedra. Poco a poco se apaciguaron las convulsiones del terreno, y se fue reduciendo el círculo de calor. Los espectadores más impacientes se acercaron, ganando un día 2 toesas, el otro 4, y por fin el 22 de agosto, Barbicane, sus colegas y el ingeniero pudieron llegar a la masa de hierro colado que asomaba en la cima de Stone's Hill, lugar sin duda muy higiénico, en que no estaba aún permitido tener frío en los pies.

—¡Loado sea Dios!—exclamó el presidente del Gun-Club con un inmenso suspiro de satisfacción.

Aquel mismo día se reanudó el trabajo, procediéndose de inmediato a la extracción del molde inferior, para dejar libre el ánima de la pieza; funcionaron sin descanso el pico y el azadón. La tierra arcillosa y la arena habían adquirido con el calor una dureza suma, pero con el auxilio de las máquinas se venció la resistencia de aquella mezcla que ardía aún al contacto de las paredes de hierro fundido; se sacaron rápidamente en carros de vapor los materiales extraídos y se hizo todo tan bien, se trabajó con tanta actividad, fue tan estimulante la intervención de Barbicane, y tenían tanta fuerza sus argumentos basados en dólares que el 3 de septiembre había desaparecido hasta el último vestigio del molde.

Inmediatamente después empezó la operación de alisar el ánima, a cuyo efecto se establecieron con la mayor rapidez las máquinas convenientes, y se pusieron en juego poderosos cepillos que mordieron rápidamente las desigualdades de la fundición. Al cabo de algunas semanas, la superficie interior del inmenso tubo era perfectamente cilíndrica, y el ánima de la pieza había adquirido un pulimento perfecto.

Por último, el 22 de septiembre, cuando aún no había transcurrido un año desde la comunicación de Barbicane, la enorme máquina, calibrada rigurosamente y absolutamente vertical, según comprobaron los más delicados instrumentos, estaba en disposición de funcionar. Ahora sólo faltaba la Luna, pero todos tenían una absoluta confianza en que tan honrada señora no faltaría a la cita. La conocían por sus antecedentes, y por ellos la juzgaban.

La alegría de J. T. Maston traspasó todos los límites, y poco le faltó para ser víctima de una espantosa caída, por el afán con que abismaba sus miradas en el tubo de novecientos pies. Sin el brazo derecho de Blomsberry, que el digno coronel había felizmente conservado, el secretario del Gun-Club, como un segundo Eróstrato, hubiera encontrado la muerte en las profundidades del cañón.

La formidable pieza estaba, pues, concluida, y no cabía duda alguna acerca de su perfecta terminación. Así es que, el 6 de octubre, el capitán Nicholl, a pesar de sus antipatías, pagó al presidente Barbicane la segunda apuesta, y Barbicane en sus libros, en la columna de ingresos, apuntó una suma de dos mil dólares. Hay motivos para creer que la cólera del capitán llegó a último extremo, causándole una verdadera enfermedad. Sin embargo, quedaban aún tres apuestas, una de tres mil dólares, otra de cuatro mil y otra de cinco mil, y con solo ganar dos de ellas, no hubiera salido mal del negocio. Pero el dinero no entraba para nada en sus cálculos, y el éxito obtenido por su rival en la fundición de su cañón, cuyo proyectil no hubiera resistido una plancha de diez toesas, le daba un golpe terrible.

El 23 de septiembre se permitió al público entrar libremente en el recinto de Stone's Hill, y una impresionante multitud se congregó junto al incomparable cañón.

Innumerables curiosos, procedentes de todos los puntos de Estados Unidos, se dirigían a Florida. Durante aquel año, la ciudad de Tampa, consagrada enteramente a los trabajos del Gun-Club, se había desarrollado de una manera prodigiosa, y contaba entonces una población de 50.000 almas. Después de envolver en una red de calles el fuerte Broke, se fue prolongando por la lengua de tierra que separa las dos radas de la bahía del Espíritu Santo. Nuevos barrios, nuevas plazas, un bosque entero de casas nuevas había brotado en aquellos terrenos, antes desiertos, al calor del sol americano. Se habían creado empresas para levantar iglesias, escuelas y casas particulares, y en menos de un año la extensión de la ciudad aumentó considerablemente.

Sabido es que los norteamericanos han nacido para ser comerciantes. Dondequiera que les lance la suerte, desde la zona glacial a la tórrida, tienen necesidad de poner en práctica su instinto para los negocios. He aquí por qué simples curiosos, que se habían trasladado a Florida sin más objeto que seguir las operaciones del Gun-Club, no bien se hubieron establecido en Tampa, se entregaron a operaciones mercantiles. Los barcos fletados para el transporte del material y de los trabajadores habían dado al puerto una actividad extraordinaria. Otros barcos de todas clases, cargados de víveres, provisiones y mercancías, surcaron luego la bahía y las dos radas; grandes representantes de armadores y corredores se establecieron en la ciudad, y la *Shipping Gazette* anunció diariamente en sus columnas la llegada de nuevas embarcaciones al puerto de Tampa.

Mientras tanto, se multiplicaba la red de carreteras alrededor de la ciudad y ésta, dado el prodigioso desarrollo de su población y su comercio, fue unida por ferrocarril a los Estados meridionales de la Unión. Por medio de un ferrocarril Mobile se enlazó con Pensacola, el gran arsenal marítimo del Sur, desde cuyo punto importante el camino de hierro se dirigió a Tallahassee, donde había ya un pequeño ramal de vía férrea, que no pasaba de 21 millas, por el cual Tallahassee se ponía en comunicación con Saint Marks, en la costa. Aquel ferrocarril se prolongó hasta Tampa, vivificando a su paso y despertando las comarcas muertas de Florida central. Gracias a las maravillas de la industria, debidas a la idea que cruzó por la mente de un hombre, Tampa pudo darse la importancia de una gran ciudad. Le fue impuesto el sobrenombre de *Moon City* y la capital de las dos Floridas sufrió un eclipse total, visible desde todos los puntos del globo.

Cualquiera puede comprender ahora el fundamento de la gran rivalidad entre Texas y Florida, y la exasperación de los tejanos cuando se vieron defraudados en sus pretensiones por la elección del Gun-Club. Con su sagacidad previsora, habían adivinado cuánto podía ganar un país con el experimento de Barbicane y los beneficios que produciría semejante cañonazo. Texas perdía por la elección de Barbicane un vasto centro de comercio, el ferrocarril y un aumento considerable de población. Todas estas ventajas las recibía la pequeña península floridense, recostada como una estaca entre las olas del golfo y las del océano Atlántico. Así es que Barbicane participaba con el general Santa Ana de todas las antipatías de Texas.

Sin embargo, aunque entregada a su furor mercantil y a su pasión industrial, la nueva población de Tampa no olvidó las interesantes operaciones del Gun-Club. Todo lo contrario: seguía con ansia los menores accidentes de la empresa, y la gente se dejaba entusiasmar por cualquier golpe de azada.

Un constante ir y venir, una procesión circulaba entre la ciudad y Stone's Hill.

Fácil era prever que el día del experimento la concurrencia ascendería a millares de personas, que de todos los puntos de la Tierra se iban acumulando en la península. Y no faltaban los curiosos venidos de Europa.

Pero es preciso confesar que hasta entonces la curiosidad de los numerosos viajeros no se hallaba enteramente satisfecha. Muchos habían contado con el espectáculo de la fundición. Sólo habían visto un poco de humo, desde lejos, demasiado poco para tanta gente ávida de emociones.

Hubo no pocas protestas, se dijo que el presidente Barbicane era autoritario y poco americano. Y no faltaron los tumultos. Pero Barbicane no cedió.

Pero cuando el *Columbia* quedó enteramente concluido, fue preciso abrir las puertas, pues hubiera sido poco prudente contrariar el sentimiento público. Barbicane permitió entrar en el recinto a todos los que llegaban, si bien, empujado por su talento práctico, resolvió especular en grande con la curiosidad general. Para el que sabe explotarla, la curiosidad es siempre una fábrica de moneda.

Gran cosa era contemplar el inmenso cañón, pero la gloria de bajar a sus profundidades parecía a los americanos el *non plus ultra* de la felicidad posible en este mundo. No hubo un curioso que no quisiese darse a toda costa el placer de visitar aquel abismo de metal. Atados y suspendidos de una cabria que funcionaba a impulsos del vapor, se permitió a los espectadores satisfacer su curiosidad excitada. Aquello fue un delirio. Mujeres, niños, ancianos… todos se impusieron el deber de penetrar en el fondo del alma del colosal cañón preñado de misterios. Se fijó el precio en cinco dólares por persona, y a pesar del elevado monto, en los dos meses que precedieron inmediatamente al experimento, la afluencia de visitantes permitió al Gun-Club ingresar en sus arcas medio millón de dólares.

Inútil es decir que los primeros que visitaron el *Columbia* fueron los miembros del Gun-Club, a cuya ilustre asamblea estaba justamente reservada esta preferencia. Esta solemnidad se celebró el 25 de septiembre. En un ascensor de honor bajaron el presidente Barbicane, J. T. Maston, el mayor Elphiston, el general Morgan, el coronel Blomsberry, el ingeniero Murchisson y otros miembros distinguidos de la célebre sociedad; en número total de diez. Mucho calor hacía aún en el fondo de aquel largo tubo de metal. Se sentía una cierta sensación sofocante. Pero, ¡qué alegría! Se colocó una mesa de diez cubiertos en la recámara de piedra que sostenía el cañón, alumbrado por un chorro de luz eléctrica. Exquisitos y numerosos manjares, que parecían bajados del cielo, se colocaron sucesivamente delante de los invitados, y botellas de los mejores vinos se vaciaron rápidamente durante aquel espléndido banquete a novecientos pies de profundidad.

El festín fue muy animado y también muy bullicioso. Se brindó por el globo terrestre, se brindó por su satélite, se brindó por el Gun-Club, se brindó por la Unión, por la Luna, por Febe, por Diana, por Selene, por el astro de la noche, por la *pacifica mensajera del firmamento*. Los gritos de entusiasmo, llevados por las sonoras ondas del inmenso tubo acústico, llegaban a su extremo como un trueno, y la multitud colocada alrededor de Stone's Hill se unía con el corazón y con la voz a los diez convidados hundidos en el fondo del gigantesco cañón.

J. T. Maston ya no era dueño de sí mismo. Difícil sería determinar si gritaba o gesticulaba, y si bebía más que comía. Lo cierto es que no cabía de gozo en su pellejo, que no hubiera dado su posición por el imperio del mundo, aun cuando el cañón cargado, cebado y haciendo fuego en aquel instante, le hubiera enviado hecho pedazos a los espacios interplanetarios.

17

Un telegrama

Podría decirse que estaban terminados los grandes trabajos emprendidos por el Gun-Club. Y, sin embargo, aún tenían que transcurrir dos meses antes de enviar el proyectil a la Luna. ¡Dos meses que debían parecer dos años a la impaciencia universal! Hasta entonces los periódicos habían dado diariamente cuenta de los más insignificantes pormenores de la operación, y sus columnas se devoraban con avidez: pero era de temer que en lo sucesivo disminuyese mucho el *dividendo de interés* distribuido entre todas las gentes.

No fue así. El más inesperado, extraordinario, increíble, inverosímil incidente volvió a fanatizar los ánimos anhelantes, y a causar en el mundo una sorpresa y una sobreexcitación indescriptible.

El 30 de septiembre, por la tarde, llegó a Tampa un telegrama dirigido al señor Barbicane. Este rompió el sobre, leyó el texto y, a pesar de su fuerza de voluntad para mostrarse siempre dueño de sí mismo, sus labios palidecieron, y su vista se turbó.

He aquí el texto del telegrama:

FRANCIA, París

30 de septiembre, cuatro de la mañana.
Barbicane, Tampa, Florida,
Estados Unidos

Reemplazad granada esférica por proyectil cilindrocónico. Partiré dentro. Llegaré en el vapor Atlanta.

Miguel Ardan.

18

El pasajero del *Atlanta*

Si tan estupenda noticia, en vez de llegar por teléfono, hubiera llegado sencillamente por correo, en sobre cerrado, si los empleados de Francia, Irlanda, Terranova y Estados Unidos de América no hubiesen leído necesariamente la comunicación telegráfica, Barbicane no habría vacilado un solo instante: hubiese callado por prudencia, y para no desprestigiar su obra. Aquel telegrama, sobre todo procediendo de un francés, podía ser una burla. ¿Qué rasgos de credibilidad tenía la audacia de un hombre capaz de concebir la idea de semejante viaje? Si en realidad había un hombre resuelto a llevar a cabo tan singular propósito, debía de ser un loco a quien sería preciso encerrar en un manicomio y no en una bala de cañón.

Pero el telegrama era conocido, porque los aparatos de transmisión son por su naturaleza poco discretos, y la proposición de Miguel Ardan circulaba ya por los diversos Estados de la Unión. No tenía, pues, Barbicane ninguna razón para guardar silencio acerca de ella y, por tanto, reunió a los miembros del Gun-Club, que se hallaban en Tampa, y sin dejarles entrever su pensamiento, sin discutir el mayor o menor crédito que le merecía el telegrama, leyó con absoluta frialdad su lacónico texto.

—Es imposible.

—¡Es inverosímil!

—¡Una broma!

—¡Alguien se burla de nosotros!

Durante algunos minutos, se pronunciaron todas las frases que sirven para expresar duda, incredulidad, locura… acompañadas de todos los aspavientos y gestos que suelen utilizarse en semejantes circunstancias. Cada cual, según su carácter, sonreía, o reía, o se encogía de hombros. J. T. Maston fue el único que se tomó la cosa en serio.

—¡Es una soberbia idea!—exclamó.

—Sí—le respondió el mayor—, pero si alguna vez, se nos ocurren ideas semejantes es con la condición de no tratar de ponerlas en práctica.

—¿Y por qué no?—replicó con cierto desenfado el secretario del Gun-Club, aprestándose para el combate.

Pero nadie le prestó atención. Sin embargo, el nombre de Miguel Ardan corría de boca en boca en la ciudad de Tampa. Todos se miraban, se interrogaban y se burlaban, no del europeo, que era en su concepto un mito, un ser quimérico, sino de J. T. Maston, que había podido creer en la existencia de aquel personaje fabuloso. Cuando Barbicane propuso enviar un proyectil a la Luna, la empresa pareció a todos natural y practicable, y no vieron en ella más que una simple cuestión de balística. Pero que un ser racional quisiera introducirse en el proyectil e intentar aquel viaje increíble, era una proposición tan inaudita que no podía dejar de parecer una burla.

Las bromas duraron sin interrupción hasta la noche, y se puede asegurar que toda la Unión prorrumpió en una sola carcajada, lo que es poco común en un país en que las empresas imposibles encuentran fácilmente defensores, adeptos y partidarios.

Con todo, la proposición de Miguel Ardan, como todas las ideas nuevas, no dejaba de preocupar a más de cuatro. «He aquí —decían— una cosa que no se le había ocurrido a nadie.» Aquel incidente se transformó luego en una obsesión. ¡Cuántas cosas rechazadas la víspera se han convertido en realidad al día siguiente! ¿Por qué un viaje a la Luna no se ha de realizar antes o después? Pero el primero que lo intente será sin duda tomado por loco.

¿Existía aquel personaje realmente? He aquí la primera cuestión. El nombre de Miguel Ardan no era desconocido en América. Era el nombre de un europeo muchas veces citado por sus atrevidas empresas. Además, aquel telegrama que había atravesado la inmensidad del Atlántico, la mención del buque en que el francés decía haber tomado pasaje y la fecha indicada de su llegada eran circunstancias que daban a la propuesta ciertos visos de verosimilitud. La empresa requería, sin duda, un valor inaudito. Pronto los individuos aislados se agruparon: los grupos se forman por influjo de la curiosidad al igual que en virtud de la atracción molecular se condensan los átomos. Y al cabo se formó una compacta multitud que se dirigió a la vivienda del presidente Barbicane.

Este, desde la llegada del telegrama, no había manifestado opinión alguna acerca del mismo. Había dejado a J. T. Maston exponer la suya sin aprobar ni desaprobar; mantenía su reserva, y se proponía aguardar la marcha de los acontecimientos. Pero no contaba con la impaciencia pública, y vio con muy poca satisfacción a los habitantes de Tampa reunirse bajo sus ventanas. Los murmullos, los gritos, las vociferaciones le obligaron a presentarse. Tenía todos los deberes y, por consiguiente, padecía todas las desazones de la celebridad.

Se presentó ante la multitud y ésta guardó silencio. Un ciudadano tomó la palabra y dirigió a Barbicane la siguiente pregunta:

—¿El personaje designado en el parte bajo el nombre de Miguel Ardan viene a América? ¿Sí o no?

—Señores—respondió Barbicane—, no sé más que lo que vosotros sabéis.

—¡Pues es preciso saberlo!—gritaron algunos con impaciencia.

—El tiempo nos lo dirá—respondió con sequedad el presidente.

—No estamos dispuestos a consentir que el tiempo nos mantenga en estado de penosa ansiedad a todo un pueblo—replicó el orador—. ¿Habéis modificado los planos del proyectil de acuerdo a la petición del señor Ardan?

—Todavía no. Pero tenéis razón; es preciso saber a qué atenernos, y el telégrafo, que ha causado toda esta conmoción, completará nuestros informes.

—¡Al telégrafo!—exclamó la muchedumbre.

Barbicane bajó a la calle y, seguido del inmenso gentío, se dirigió a las oficinas de la administración de Telégrafos.

Pocos minutos después, se envió al síndico de los corredores marítimos de Liverpool un telegrama que contenía las siguientes preguntas:

«¿Qué buque es el *Atlanta*? ¿Cuándo salió de Europa? ¿Llevaba a bordo a un francés llamado Miguel Ardan?»

Dos horas después, Barbicane recibía informes de una precisión tal que no permitían ninguna duda:

«El vapor *Atlanta* de Liverpool se hizo a la mar el 2 de octubre, con rumbo a Tampa, llevando a bordo a un francés que consta en la lista de pasajeros con el nombre de Miguel Ardan.»

Ante este texto, los ojos del presidente Barbicane brillaron intensamente. Cerró los puños y murmuró con cierta rabia:

—¡Es, pues, cierto! ¡Es, pues, posible! ¡El francés existe! ¡Y estará aquí dentro de quince días! Pero es un loco, y nunca consentiré...

Pero aquella misma tarde escribió a la casa Breedvil y Compañía para que suspendiese hasta nueva orden la fundición del proyectil.

Sería imposible expresar ahora la conmoción que se apoderó de toda América, el efecto que produjo la comunicación de Barbicane, lo que dijeron los periódicos de la Unión, el asombro que les causó la noticia, y, el entusiasmo con que la acogieron y con que cantaron la llegada de aquel héroe del antiguo continente, la agitación febril de cada individuo, contando las horas, contando los minutos, contando los segundos. Todo se detuvo. Todos querían presenciar la llegada del *Atlanta* y los trenes, que llegaban llenos a Tampa, volvían vacíos. En quince días la población de Tampa se multiplicó por cuatro.

El 20 de octubre, a las nueve de la mañana, los vigías del canal de Bahama distinguieron una densa humareda en el horizonte. Dos horas después avistaban un barco y el nombre del *Atlanta* fue transmitido a Tampa. A las cuatro, el buque inglés entraba en la bahía del Espíritu Santo. A las cinco, cruzaba a todo vapor la rada de Hillisboro. A las seis, fondeaba en el puerto de Tampa.

El ancla aún no había mordido el fondo de arena cuando quinientas embarcaciones rodeaban al *Atlanta*. El primero que pisó su cubierta fue Barbicane, el cual preguntó con una voz cuya conmoción quería en vano reprimir:

—¿Miguel Ardan?

—¡Presente!—respondió un individuo encaramado a la toldilla.

Barbicane, con los brazos cruzados, con la boca muda, miró finalmente al pasajero del *Atlanta*.

Era éste un hombre de cuarenta y dos años, alto, pero algo cargado de espaldas, como esas cariátides que sostienen balcones sobre sus hombros. Su cabeza enérgica, verdadera cabeza de león, sacudía de vez en cuando una cabellera roja. Una cara corta, ancha en las sienes, adornada con unos bigotes erizados como los del gato y mechones de pelos amarillentos que salpicaban sus mejillas; unos ojos redondos de los que partía una mirada miope y como extraviada, completaban aquella fisonomía eminentemente felina. Pero la nariz era de un dibujo atrevido, la boca perfecta, la frente alta, inteligente, y surcada como un campo que no ha estado nunca inculto. Cuerpo bien desarrollado, descansando sobre unas largas piernas, brazos musculosos, que eran poderosas y bien apoyadas palancas, porte resuelto... hacían de aquel europeo un buen mozo sólidamente constituido, *que más parecía forjado que fundido,* valiéndonos de una de las expresiones del arte metalúrgico.

Los discípulos de Lavater o de Gratiolet hubieran sin dificultad encontrado en el cráneo y en la fisonomía de aquel personaje los signos indiscutibles de la tenacidad, el valor y la tendencia a vencer todos los obstáculos; los de la benevolencia y del apego a lo maravilloso, instinto que induce a ciertos temperamentos a apasionarse por las cosas sobrehumanas. En cambio, no presentaba los rasgos que corresponden a la necesidad de poseer y de adquirir bienes.

Para completar el retrato físico del pasajero del *Atlanta,* es oportuno decir que sus vestidos eran holgados, que no oponían el menor obstáculo al juego de sus articulaciones, siendo su pantalón y su gabán tan sumamente anchos que él mismo se llamaba *la muerte con capa.* La corbata estaba negligentemente anudada; el cuello de la camisa, muy amplio, estaba abierto y dejaba ver un cuello robusto, como el de un toro. Bien se conocía que aquel hombre no tenía nunca frío, ni en medio del invierno, ni en medio de los peligros.

Iba y venía por la cubierta del vapor, en medio de la multitud que apenas le dejaba espacio para moverse, sin poderse estar quieto un momento. Pero él *derivaba sobre sus anclas,* como decían los marineros, y gesticulaba y tuteaba a todo el mundo, y se mordía las uñas con una avidez convulsiva. Era uno de esos seres originales que el Creador inventa por capricho pasajero, rompiendo el molde en seguida.

En efecto, la personalidad moral de Miguel Ardan ofrecía un campo muy dilatado a la investigación de los observadores analíticos. Aquel hombre asombroso vivía en una perpetua disposición a la hipérbole y no había traspasado aún la edad de los superlativos. En la retina de sus ojos se juntaban los objetos con dimensiones desmedidas, de lo que resultaba una asociación de ideas gigantescas. Todo lo veía albultadísimo y en grande, a excepción de las dificultades y los seres humanos.

Estaba dotado de una naturaleza poderosa, superabundante; era artista por instinto, muy ingenioso, hablador, pero aunque no hacía nunca un fuego graneado de chistes, el chiste que se permitía era siempre certero. En las discusiones, se cuidaba muy poco de la lógica; rebelde al silogismo, nunca lo hubiera inventado, y todas sus salidas eran suyas y solamente suyas. Atropellando por todo y para todo, apuntaba en medio del pecho argumentos *ad hominem* certeros y seguros, y le gustaba defender con el pico y con las zarpas las causas desesperadas.

Entre otras manías, tenía la de proclamarse, como Shakespeare, un *ignorante sublime,* y hacía alarde de despreciar a los sabios. *Los sabios,* decía, no *hacen más que apuntar los tantos mientras nosotros jugamos.* Era un bohemio del mundo de las maravillas, que se aventuraba mucho sin ser por eso aventurero; una cabeza libre, un Faetón que se empeña en guiar el carro del sol, un Icaro con alas de reserva. Por lo demás, pagaba con su persona y pagaba bien; se arrojaba plenamente consciente a las más peligrosas empresas, quemaba sus naves con más decisión que Agatocles, siempre dispuesto a romperse el alma o la cabeza. Pero caía siempre de pie, como los gatos, o como esos muñecos que, con un plomo en la base, sirven de diversión a los niños.

En una palabra, su divisa era: *A pesar de todo.* El amor a lo imposible constituía su «pasión dominante», según la expresión de Pope.

Pero aquel hombre emprendedor tenía como ningún otro los defectos de sus cualidades. Se dice que quien nada arriesga nada tiene. Pues bién, Ardan nada tenía y lo arriesgaba siempre todo. Era un despilfarrador, un tonel de los Danaides. Perfectamente desinteresado, hacía tantas buenas obras como calaveradas; caritativo, caballeresco, generoso, no hubiera firmado la sentencia de muerte de su más cruel enemigo, y era muy capaz de venderse como esclavo para rescatar a un negro.

En Francia, en Europa, todo el mundo conocía a un personaje tan brillante. ¿No hablaban acaso de él incesantemente las cien trompas de la fama, puestas todas a su servicio? ¿No vivía en una casa de vidrio, tomando al universo entero por confidente de sus más íntimos secretos? A pesar de todo, no le faltaba una buena colección de enemigos entre los individuos a quienes había herido o atropellado al abrirse paso con los codos entre la muchedumbre.

Pero, por lo general, le querían mucho, y hasta le mimaban como si fuese un niño. Era, según la expresión popular, un *hombre a quien era preciso tomar o dejar,* y se le tomaba. Todos se interesaban por él y le seguían con la mirada inquieta. ¡Era audaz con tanta imprudencia! Cuando algún amigo quería detenerle predíciéndole una catástrofe próxima, respondía sonriéndole amablemente:

—El bosque no arde si no es por sus propios árboles.

Y al dar esta respuesta, no sabía, que citaba el más bello de todos los proverbios árabes.

Tal era aquel pasajero del *Atlanta,* siempre agitado, siempre hirviendo al calor de un fuego interior, siempre conmovido, y no por lo que pretendía hacer en América, en lo cual ni siquiera pensaba, sino por efecto de su apasionada organización interior. Era seguramente un singular contraste el que ofrecían el francés Miguel Ardan y el norteamericano Barbicane, a pesar de ser los dos emprendedores, atrevidos, audaces, cada cual a su manera.

La contemplación a que se abandonaba el presidente del Gun-Club en presencia de aquel rival que acababa de relegarle a un segundo término fue muy pronto interrumpida por los vítores de la muchedumbre. Tan frenéticos fueron, y formas tan personales tomó el entusiasmo, que Miguel Ardan, después de haber apretado millares de manos —en lo que estuvo expuesto a dejar sus dedos— tuvo que buscar refugio en el fondo de su camarote.

Barbicane le siguió sin haber pronunciado una palabra.

—¿Usted es Barbicane?—le preguntó Miguel Ardan con familiaridad, cuando estuvieron solos los dos.

—Sí—respondió el presidente del Gun-Club.

—Pues bien, le saludo, Barbicane. ¿Cómo está? ¿Muy bien? ¡Me alegro!, ¡me alegro!

—Está usted decidido a viajar—preguntó Barbicane sin ningún preámbulo.

—Absolutamente decidido.

—¿Nada le detendrá?

—Nada. ¿Habéis modificado el proyectil?

—Aguardaba su llegada. Pero—preguntó Barbicane con insistencia—, ¿lo ha meditado bien?

—¡Meditado! ¿Acaso tengo tiempo que perder? Se me presenta la ocasión de ir a dar una vuelta por la Luna, y la aprovecho, he aquí todo. No creo que la cosa merezca tantas reflexiones.

Barbicane devoraba con la vista a aquel hombre que hablaba de su proyecto de viaje con una naturalidad absoluta, y sin la más mínima inquietud ni zozobra.

—Pero, al menos—le dijo—, tendrá usted un plan, algunos medios para llevar el proyecto a la práctica.

—Excelentes, amigo Barbicane. Pero quiero decir una cosa: me gusta contar mi historia una sola vez a todo el mundo, y luego no cuidarme más de ella. Así se evitan repeticiones y, por consiguiente, me gustaría dirigirme a sus colegas, a los habitantes de Florida, a los americanos, a todos a la vez. ¿Puede usted convocarlos? Mañana mismo estaré dispuesto a explicar mi proyecto y a contestar a todas las preguntas. ¿Le parece bien?

—Muy bien—respondió Barbicane.

Y salió del camarote para comunicar a la multitud la proposición de Miguel Ardan. Sus explicaciones fueron acogidas con palabras y gritos de alegría, porque la propuesta allanaba todas las dificultades. Al día siguiente, todos podrían contemplar al héroe europeo. Sin embargo, algunos de los más obstinados espectadores no quisieron dejar la cubierta del *Atlanta,* y pasaron la noche a bordo. J. T. Maston, entre otros, había clavado su mano postiza en un angulo de la toldilla, y se hubiera necesitado un cabrestante para arrancarlo de su sitio.

—¡Es un héroe!, ¡un héroe!—exclamaba en todos los tonos—. ¡Y comparados con él, con ese europeo, nosotros no somos más que unos cobardes!

En cuanto al presidente, después de suplicar a los espectadores que se marcharan, entró en el camarote del pasajero, y no se separó de él hasta que la campana del vapor señaló la hora del relevo de la guardia de medianoche.

Pero entonces los dos rivales en popularidad se apretaron muy amistosamente la mano, y Miguel Ardan en ese momento ya tuteaba al presidente Barbicane.

19

Un mitin

Al día siguiente, el astro del día se levantó mucho más tarde de lo que deseaba el impaciente público: un sol destinado a alumbrar semejante fiesta no debía ser tan perezoso. Temiendo que se dirigiesen a Miguel Ardan preguntas indiscretas, Barbicane hubiera querido reducir el auditorio a un pequeño número de adeptos; a sus colegas, por ejemplo. Pero hubiera sido más fácil contener las cataratas del Niagara con un dique. Por consiguiente, tuvo que renunciar a sus proyectos, abandonando a su nuevo amigo a los peligros de la fiebre colectiva.

El nuevo salón de la Bolsa de Tampa, a pesar de sus colosales dimensiones, fue considerado insuficiente para la ceremonia, porque la reunión proyectada tomaba las proporciones de un verdadero mitin.

El lugar escogido fue una inmensa llanura situada a las afueras de la ciudad. Pocas horas bastaron para ponerlo a cubierto de los rayos del sol.

Los buques anclados en el puerto que tenían velas, jarcias y mástiles de reserva suministraron los accesorios necesarios para la construcción de una tienda gigantesca. Un inmenso techo de lona se extendió muy pronto sobre la calcinada llanura y la defendió de los ardores del día. Trescientas mil personas pudieron reunirse en la improvisada carpa y desafiaron durante varias horas una temperatura sofocante, aguardando la llegada del francés. Una tercera parte de aquellos espectadores podía ver y oír, otra tercera parte veía mal y no oía nada, y la otra restante ni oía ni veía, lo que sin embargo, no impidió que fuese la más pródiga en aplausos.

A las tres apareció Miguel Ardan en compañía de los principales miembros del Gun-Club. Daba el brazo derecho al presidente Barbicane, y el izquierdo a J. T. Maston, más radiante que el sol del mediodía.

Ardan subió a un estrado, desde el cual paseó su mirada por un océano de sombreros negros. No parecía turbado, ni manifestaba el menor embarazo; estaba allí como en su casa, jovial, familiar, amable. Respondió con un gracioso saludo a los aplausos y gritos que le acogieron; reclamó silencio con un ademán; tomó la palabra en inglés, y se expresó muy correctamente en los siguientes términos:

—Señores, a pesar del calor que hace aquí dentro, voy a abusar de vuestra paciencia para daros algunas explicaciones acerca del experimento que, al parecer, tanto os interesa. Yo no soy un orador, ni un sabio, ni creía tener que hablar en público; pero mi amigo Barbicane me ha dicho que os gustaría oírme, y cedo a su petición.

Este exordio gustó mucho a los concurrentes, y lo premiaron con un inmenso murmullo de satisfacción.

—Señores—dijo—, podéis aprobar o desaprobar, según mejor os parezca. Y empiezo: En primer lugar, no olvidéis que os habla un ignorante, de una ignorancia tal, que hasta ignora las dificultades. Eso de irse a la Luna metido en un proyectil me ha parecido la cosa más sencilla, más fácil, más natural del mundo. Tarde o temprano iba a emprenderse este viaje, y en cuanto al tipo de locomoción adoptado, no hago más que seguir sencillamente la ley del progreso. El hombre empezó por viajar a gatas, luego con los pies, en seguida en carro, después en coche, más adelante en barco, posteriormente en diligencia, y por último en tren, por caminos de hierro. Pues bien, el proyectil es el medio de locomoción del porvenir, y si lo consideramos bien, los planetas no son otra cosa, no son más que balas de cañón disparadas por la mano del Creador. Pero volvamos a nuestro vehículo. Algunos de vosotros, señores, creen que la velocidad sería excesiva. Los que así opinan están en un error. Todos los

Un inmenso techo de lona se extendió muy pronto sobre la calcinada llanura...

astros le exceden en rapidez, y la Tierra misma, en su movimiento de tras-lación alrededor del Sol, nos arrastra a una velocidad tres veces mayor. Pondré algunos ejemplos, y sólo os pido que me permitáis contar por leguas, porque las medidas americanas me son poco familiares, y podría incurrir en algún error en mis cálculos.

La demanda pareció muy justa y no tropezó con ninguna objeción. El orador prosiguió:

—Voy, señores, a ocuparme de la velocidad de diferentes planetas. Confieso, aunque parezca falta de modestia, que, a pesar de mi ignoran-cia, conozco muy exactamente este insignificante detalle astronómico. Pero en dos minutos, todos sabréis acerca del particular tanto como yo. Neptuno se mueve a cinco mil leguas por hora; Urano a siete mil; Satur-no, a ocho mil ochocientas cincuenta y ocho; Júpiter, a once mil seis-cientas setenta; Marte, a veintidós mil once; la Tierra a veintisiete mil qui-nientas; Venus a treinta y dos mil ciento cincuenta; Mercurio, a cincuenta y dos mil cien leguas. En cuanto a nosotros, verdaderos haraganes que tenemos siempre poca prisa, nuestra velocidad no superará las nueve mil novecientas leguas, e irá disminuyendo poco a poco. Y ahora pregunto, ¿no es evidente que esas velocidades serán superadas algún día, siendo la luz y la electricidad los agentes mecánicos de la proeza del futuro?

Nadie puso en duda esta osada afirmación de Miguel Ardan.

—Distinguidos oyentes—continuó el orador—, si nos dejásemos con-vencer por ciertos talentos limitados (pues no quiero calificarlos de otra forma), la Humanidad estaría encerrada en un círculo de Popilio, conde-nada a vegetar sobre este planeta sin poder lanzarse a los espacios inter-planetarios. Pero no será así. Se va a ir a la Luna, se irá a los planetas, se irá a las estrellas, como se va en la actualidad de Liverpool a Nueva York, fácilmente, con rapidez, y toda clase de seguridades, y el océano atmos-férico se atravesará como se atraviesan los océanos de la Tierra. La dis-tancia no es más que una palabra relativa y acabará reduciéndose a cero.

Aunque muy predispuesta en favor del francés, la gente quedó atóni-ta ante tan atrevidas afirmaciones, y Miguel Ardan se dio cuenta.

—Veo que no os he convencido, distinguidos oyentes—añadió con una sonrisa—. Razonemos, pues. ¿Sabéis cuánto tiempo necesitaría un tren para llegar a la Luna? ¡Sólo trescientos días! ¡Y se trata de un viaje de ochenta mil cuatrocientas diez leguas! No llegaría a ser un viaje más largo que el de un viajero capaz de dar nueve veces la vuelta alrededor de la Tierra, y no hay marinero ni viajero un poco diligente que no haya anda-do más en el curso de su vida. Yo no gastaré en la travesía más de noventa y siete horas. ¡Pero vosotros os figuráis que, antes de emprender mi viaje, tendría que pensarlo mucho! ¿Qué diríais, pues, si se tratase de ir a Neptuno? Este sería un viaje que, aunque no costase más que cinco céntimos por kilómetro, podrían emprender muy pocos. El mismo barón de Rothschild no se podría pagar el pasaje, y tendría que quedarse en casa por faltarle ciento cuarenta y siete millones.

Esta lógica peculiar agradaba a los asistentes. Miguel Ardan contagiaba su entusiasmo. Y continuó con su aplomo característico:

—Y ahora os diré que la distancia que separa a Neptuno del Sol es muy pequeña, si pensamos en lo lejos que están las estrellas. Para representarnos estas distancias tendríamos que usar números interminables. Y me detengo en este asunto porque es para mí de un interés capital. Que todos juzguen por sí mismos. La estrella Alpha de Centauro está a ocho mil millones de leguas; Vega, a cincuenta mil millones, como Sirio; Arturo, a cincuenta y dos mil millones; a ciento diecisiete mil la Estrella Polar; la Cabra a ciento setenta mil, y las estrellas, a miles de millones de leguas. ¡Y todavía existen personas que se ocupan de la distancia que separa a los planetas del Sol! ¡Y se la toman en serio! ¡Error! ¡Mentira! ¡Aberración de los sentidos! ¿Sabéis lo que yo opino acerca del mundo que empieza en el Sol y concluye en Neptuno? ¿Deseáis conocer mi teoría? Es muy sencilla. Para mí el Sistema Solar es un cuerpo homogéneo; los planetas que lo componen se acercan, se tocan, y el espacio que queda entre ellos no es más que el espacio que separa a las moléculas de la plata, el hierro, el oro o el platino. Estoy, pues, en mi derecho afirmando y repitiendo que la *distancia* es una palabra hueca. En la práctica, no existe.

—¡Muy bien dicho! ¡Bravo!—exclamó unánimemente la asamblea, electrizada por el gesto y el acento del orador y por el atrevimiento de sus concepciones.

—¡No!—exclamó J. T. Maston, con más energía que los otros—. ¡La distancia no existe!

Y arrastrado por la violencia de sus movimientos y por el empuje de su cuerpo, que casi no pudo dominar, estuvo muy expuesto a caer al suelo desde el estrado. Pero consiguió restablecer su equilibrio, y evitó una caída que le hubiera probado brutalmente que la distancia no es una palabra vacía de sentido. Luego, el entusiasta orador siguió con su disertación:

—Amigos míos, me parece que la cuestión queda expuesta. Si no he logrado convenceros a todos se debe a que he sido tímido en mis demostraciones, débil en mis argumentos. Echad la culpa a la insuficiencia de mis estudios teóricos. Como quiera que sea, repito, la distancia de la Tierra a su satélite es, en realidad, poco importante e indigna de preocupar a un pensador grave y concienzudo. No creo, pues, aventurarme demasiado diciendo que se establecerán próximamente trenes de proyectiles para hacer cómodamente el viaje de la Tierra a la Luna. No habrá que temer choques, sacudidas ni descarrilamientos, y llegaremos rápidamente, sin fatiga, en línea recta, y antes de veinte años la mitad de la Humanidad habrá visitado la Luna.

—¡Bravo! ¡Viva Miguel Ardan!—exclamaron todos los presentes, hasta los menos convencidos.

—¡Un fuerte aplauso para Barbicane!—respondió modestamente el orador.

Este acto de reconocimiento hacia el promotor de la empresa fue acogido con unánimes aplausos.

—Ahora, amigos míos—añadió Miguel Ardan—, si tenéis alguna pregunta, pondréis evidentemente en un apuro a un pobre hombre como yo, pero aún así procuraré responderos.

Motivos tenía el presidente del Gun-Club para estar satisfecho del giro que tomaba el discurso de Miguel Ardan, que versaba sobre las teorías, sobre fantasías. Era, pues, preciso impedir que la cuestión descendiera del terreno de la especulación al de la práctica, del cual no era fácil salir bien librado. Barbicane se apresuró a tomar la palabra, y preguntó a su nuevo amigo si creía en la posibilidad de que la Luna y los planetas estuviesen habitados.

—Gran problema me propones—respondió el orador sonriendo—. Sin embargo, hombres de muy poderosa inteligencia, Plutarco, Swedemborg, Bernardino de Saint-Pierre y otros muchos se han pronunciado en términos afirmativos. Considerando la cuestión bajo el punto de vista de la filosofia natural, me inclino a opinar como ellos, porque en el mundo no existe nada inútil. Y contestando, amigo Barbicane, afirmo que si los mundos son habitables, están habitados, o lo han estado o lo estarán.

—¡Muy bien!—exclamaron los espectadores de las primeras filas, que imponían su opinión a las últimas.

—Es imposible responder con más lógica y acierto—dijo el presidente del Gun-Club—. La cuestión queda reducida a los siguientes términos: ¿Los mundos son habitables? Yo creo que lo son.

—Y yo estoy seguro de ello—respondió Miguel Ardan.

—Sin embargo—replicó uno de los presentes—, hay argumentos en contra de la habitabilidad de los mundos. En la mayor parte de ellos sería absolutamente indispensable que los principios de la vida se modificasen, pues, sin hablar más que de los planetas, es evidente que algunos son demasiado fríos y otros demasiado calientes, de acuerdo a la distancia que les separa del sol.

—Siento no conocer personalmente a mi distinguido antagonista, para poder contestarle—dijo Miguel Ardan—. Su objeción no carece de fuerza, pero creo que puede ser rebatida, al igual que se pueden combatir las teorías fundadas en la habitabilidad de los mundos. Si yo fuera físico le diría que, si bien es cierto que hay menos calor en movimiento en los planetas próximos al Sol y, por el contrario, más en los planetas alejados, este simple fenómeno basta para equilibrar el calor y volver la temperatura de dichos mundos soportable a seres que están organizados como nosotros. Si fuese naturalista, le diría, de acuerdo con muchos ilustres sabios, que la naturaleza nos suministra en la Tierra ejemplos de animales que viven en distintas condiciones de habitabilidad. Los peces respiran en un medio que es mortal para los demás animales; algunos habitantes de los mares se mantienen en capas de una gran profundidad, soportando, sin ser aplastadas, presiones de cincuenta o sesenta atmósferas. Le diría que algunos insectos acuáticos, insensibles a la temperatura, se encuentran a la vez en los manantiales de agua hirviendo y en las heladas llanuras del Polo. Le diría, por último, que es preciso reconocer en la naturaleza una diversidad de medios de acción, que no por incomprensible deja de ser real. Si fuese químico, le diría que los aerolitos, que son cuerpos evidentemente formados fuera del mundo terrestre, han revelado a los estudiosos evidentes vestigios de carbono, el cual no debe su origen más que a seres organizados y, según los experimentos de Reichenbach, ha tenido necesariamente que ser *animalizado*. En fin, si fuese teólogo, le diría que, según San Pablo, la Redención divina no se aplica exclusivamente a la Tierra, sino que comprende a todos los mundos celestes. Pero yo no soy teólogo, ni químico, ni naturalista, ni físico, y como ignoro completamente las grandes leyes que rigen el universo, me limito a responder: no sé si los mundos están habitados, y como no lo sé, voy a verlo.

¿Aventuró el adversario de las teorías de Miguel Ardan algún otro argumento? Es imposible decirlo, porque los gritos de los asistentes al acto ahogaron todas las palabras. Cuando volvió el silencio, el victorioso orador se contentó con añadir las siguientes consideraciones:

—Ya veis, valerosos norteamericanos, que yo no he hecho más que rozar una cuestión de tanta trascendencia. No he venido aquí a dar lecciones, ni a sostener una tesis sobre tan vasto objeto. Omito otra serie de argumentos que hablan en favor de la habitabilidad de los mundos, pero permitidme insistir en un solo punto. A los que sostienen que los planetas no están habitados, es preciso responderles: es posible que tengáis razón, si se demuestra que la Tierra es el mejor de los mundos posibles, pero esto no está demostrado, diga Voltaire lo que quiera. La Tierra no tiene más que un satélite; Júpiter, Urano, Saturno y Neptuno tienen varios, lo que constituye una ventaja no despreciable. Pero lo que principalmente hace a nuestro planeta poco cómodo, es la inclinación de su eje sobre la órbita. De aquí procede la desigualdad de los días y las noches y la molesta diversidad de las estaciones. En nuestro desventurado planeta hace siempre demasiado calor o demasiado frío; en él nos helamos en invierno y nos abrasamos en verano, es el planeta de los reumatismos, de los resfriados. En cambio, en la superficie de Júpiter, por ejemplo, cuyo eje está muy poco inclinado, los habitantes podrían gozar de temperaturas invariables, pues si bien hay allí zonas de verano, de primavera, de otoño y de invierno, cada cual puede escoger el clima que más le conviene y ponerse durante toda la vida al abrigo de las variaciones de la temperatura. No tendréis ningún inconveniente en convenir conmigo cn csta superioridad de Júpiter sobre nuestro planeta, sin hablar de sus años, de los cuales cada uno vale por doce de los nuestros. Es además evidente para mí que bajo estos auspicios y en condiciones de existencia tan maravillosas, los habitantes de aquel mundo afortunado son seres superiores, que en él los sabios son más sabios, los artistas más artistas, los malos menos malos y los buenos mucho mejores. ¡Ay! ¿Qué le falta a nuestro planeta para alcanzar esta perfección? Muy poca cosa: un eje de rotación menos inclinado sobre el plano de su órbita.

—¿Nada más?—exclamó una voz impetuosa—. Pues unamos nuestros esfuerzos, inventemos máquinas y enderecemos el eje de la Tierra.

Una salva cerrada de aplausos sucedió a esta propuesta, cuyo autor era naturalmente J. T. Maston. Es probable que el fogoso secretario hubiese arrastrado a tan atrevida proposición por sus instintos de ingeniero. Pero a decir verdad, muchos la aplaudieron de buena fe, y si hubieran tenido el *punto de apoyo* reclamado por Arquímedes, los americanos hubieran construido una palanca capaz de levantar el mundo y de enderezar su eje. ¡El punto de apoyo! He aquí lo único que faltaba a aquellos temerarios mecánicos.

Con todo, una idea tan *eminentemente práctica* alcanzó un éxito extraordinario. Se suspendió la discusión por espacio de un cuarto de hora, y durante mucho, muchísimo tiempo se habló en Estados Unidos de América de la proposición tan enérgicamente formulada por el secretario del Gun-Club.

20

Ataque y respuesta

Parecía que este incidente terminaría la discusión. Era la última palabra, y difícilmente se hubiese encontrado otra mejor. Sin embargo, cuando se hubo calmado la agitación, oyéronse las siguientes frases pronunciadas con voz fuerte y sonora:

—Ahora que el orador ha pagado a la fantasía el debido tributo, ¿querrá entrar en materia y, sin teorizar tanto, discutir la parte práctica de su expedición?

Todas las miradas se dirigieron hacia el personaje que hablaba de este modo. Era un hombre flaco, enjuto de carnes, de semblante enérgico, con una enorme perilla a la americana que marcaba todos los movimientos de su boca. Aprovechando hábilmente la agitación que de cuando en cuando se había producido en la asamblea, consiguió poco a poco colocarse en primera fila. Con los brazos cruzados y los ojos brillantes y atrevidos, miraba imperturbable al héroe del mitin. Después de haber formulado su pregunta, calló, sin hacer ningún caso de los millares de miradas que convergían en él, ni de los murmullos de desaprobación que provocaron sus palabras. Haciéndose aguardar la respuesta, sentó de nuevo la cuestión con el mismo acento claro y preciso, y luego añadió:

—Estamos aquí para ocuparnos de la Luna y no de la Tierra.

—Tenéis razón, caballero—respondió Miguel Ardan—. La discusión se ha desviado. Volvamos a la Luna.

—Caballero—repuso el desconocido—estáis empeñado en que nuestro satélite se halla habitado. De acuerdo. Pero, si existen selenitas, es seguro que éstos viven sin respirar, porque (por vuestro interés os lo digo) no hay en la superficie de la Luna la menor molécula de aire.

Al oír esta afirmación, levantó Ardan su melenuda cabeza, comprendiendo que con aquel hombre se iba a empeñar en la lucha sobre lo más capital de la cuestión. Le miró a su vez fijamente y dijo:

—De modo que no hay aire en la Luna ¿Y quién lo dice?

—Los sabios.

—¿De veras?

—De veras.

—Caballero—replicó Miguel Ardan—, lo digo seriamente, profeso la mayor estimación a los sabios que saben, pero los sabios que no saben me inspiran un desdén profundo.

—¿Conocéis a alguno que pertenezca a esta última categoría?

—Alguno conozco. En Francia hay uno de ellos que sostiene que matemáticamente el pájaro no puede volar, y otro cuyas teorías demuestran que el pez no está organizado para vivir en el agua.

—No se trata de esos sabios. Y los nombres que yo podría citar en apoyo de mi proposición no serían rechazados por usted, caballero.

—Entonces pondríais en grave apuro a un pobre ignorante, como yo que, por otra parte, no desea más que instruirse.

—¿Por qué, pues, os ocupáis de cuestiones científicas si no las habéis estudiado?—preguntó el desconocido bastante brutalmente.

—¿Por qué? Es siempre intrépido el que no sospecha el peligro. Yo no sé nada, es verdad, pero precisamente mi debilidad determina mi fuerza.

—Vuestra debilidad va hasta la locura—exclamó el desconocido, con tono bastante agrio.

—¡Tanto mejor, si mi locura me lleva a la Luna!

Barbicane y sus colegas devoraban con la mirada a aquel intruso que acababa de colocarse tan audazmente como un obstáculo ante la empresa. Nadie le conocía, y el presidente, que no las tenía todas consigo respecto a las consecuencias de una discusión tan francamente empeñada, miraba con cierto recelo a su nuevo amigo. La asamblea estaba atenta y algo inquieta, porque aquella polémica llamaba su atención sobre los peligros de la expedición.

—Las razones que prueban la falta de toda atmósfera alrededor de la Luna son numerosas y concluyentes—respondió el adversario de Miguel Ardan—. Me atrevo a decir *a priori* que en caso de haber existido alguna vez esta atmósfera, la Tierra la habría arrebatado a su satélite. Pero prefiero oponer hechos irrecusables.

—Oponed cuantos hechos queráis—respondió amablemente Miguel Ardan.

—Cuando rayos luminosos atraviesan un medio tal como el aire, se desvían de la línea recta, o en otros caminos, experimentan una refracción. Pues bien, los rayos de las estrellas que la Luna oculta, al pasar rasando el borde del disco lunar, no experimentan desviación alguna, ni dan el menor indicio de refracción. Es, pues, evidente que no se halla la Luna envuelta en una atmósfera.

Todos miraron a Ardan con cierta ansiedad y hasta con cierta lástima, como si previesen su derrota, pues en realidad, siendo cierto el hecho que la observación revelaba, la consecuencia que de él deducía el desconocido era rigurosamente lógica.

—He aquí—respondió Miguel Ardan—vuestro mejor—por no decir vuestro único—argumento valedero, con el cual hubierais puesto en un brete al sabio obligado a contestaros; pero yo me limitaré a deciros que vuestro argumento no tiene valor absoluto, porque supone que el diámetro angular de la Luna está perfectamente determinado, lo que no es exacto. Pero dejando a un lado vuestro argumento, voy a hacer una pregunta: ¿hay volcanes en la superficie de la Luna?

—Volcanes apagados, sí; volcanes en actividad, no.

—Dejadme, no obstante, creer, sin traspasar los límites de la lógica, que tales volcanes estuvieron en actividad durante algún tiempo.

—Es cierto, pero como podían suministrar ellos mismos el oxígeno necesario para la combustión, el hecho de su erupción no prueba la presencia de una atmósfera lunar.

—Adelante—respondió Miguel Ardan—y dejemos a un lado esta clase de argumentos para llegar a observaciones directas. Pero os prevengo que voy a citar nombres propios.

—De acuerdo.

—En 1815, los astrónomos Louville y Halley, observando el eclipse del 3 de mayo, notaron ciertas luces de una naturaleza extraña, frecuentemente repetidas. Las atribuyeron a tempestades que se desencadenan en la atmósfera de la Luna.

—En 1815—replicó el desconocido—los astrónomos Louville y Halley tomaron por fenómenos lunares fenómenos puramente terrestres, tales como bólidos, aerolitos u otros, que se producían en nuestra atmósfera. He aquí lo que respondieron los sabios al anuncio del citado fenómeno, y lo mismo respondo yo, ni más ni menos.

—Quiero suponer que tenéis razón—respondió Ardan, sin que la contestación de su adversario le hiciera la menor mella—. ¿Herschell, en 1787, no observó un gran número de puntos luminosos en la superficie de la Luna?

—Es verdad, pero sin explicarse su origen. El mismo no dedujo de su aparición la necesidad de una atmósfera lunar.

—Bien respondido—dijo Miguel Ardan, cumplimentando a su antagonista—. Veo que usted domina la materia.

—Desde luego, caballero, y añadiré que Beer y Moedler, que son los más hábiles observadores, los que mejor han estudiado el astro de la noche, están de acuerdo sobre la falta absoluta de aire en su superficie.

Se produjo cierta sensación en el auditorio, al cual empezaban a convencer los argumentos del personaje desconocido.

—Adelante—respondió Miguel Ardan con la mayor calma—, y lleguemos ahora a un hecho importante. El señor Laussedat, hábil astrónomo francés, observando el eclipse del 18 de julio de 1860, comprobó que los cuernos del creciente solar estaban redondeados y truncados. Este fenómeno no pudo ser producido más que por una desviación de los rayos del sol al atravesar la atmósfera de la Luna, sin que haya otra explicación posible.

—¿Pero el hecho es cierto?—preguntó con viveza el desconocido.

—Absolutamente cierto.

Un movimiento inverso al que había experimentado la asamblea poco antes se tradujo en rumores de aprobación a su héroe favorito, cuyo adversario guardó silencio. Ardan repitió la frase y, sin envanecerse por la ventaja que acababa de obtener, dijo sencillamente:

—Ya veis que no conviene pronunciarse de una manera absoluta en favor o en contra de la existencia de una atmósfera en la superficie de la Luna. Esta atmósfera es probablemente muy poco densa, bastante sutil, pero la ciencia en la actualidad admite generalmente su existencia.

—No en las montañas, aunque os desagrade—respondió el desconocido que no quería dar su brazo a torcer.

—Pero sí en el fondo de los valles, y no elevándose más allá de algunos centenares de pies.

—Aunque así fuese, haréis bien en tomar precauciones, porque el aire estará terriblemente enrarecido.

—¡Oh!, caballero, siempre habrá suficiente para un hombre solo, y además, una vez allí, procuraré economizar todo lo que pueda y no respirar sino en las grandes ocasiones.

Una estrepitosa carcajada retumbó en los oídos del misterioso interlocutor, el cual paseó sus miradas por la asamblea desafiándola con orgullo.

—Ahora bien—repuso Miguel Ardan con cierta indiferencia—, puesto que estamos de acuerdo sobre la existencia de una atmósfera lunar, tendremos también que admitir la presencia de cierta cantidad de agua. Esta es una consecuencia que me alegro de poder sacar. Permitidme, además, someter una observación a vuestro ilustrado criterio. Nosotros no conocemos más que un lado del disco de la Luna, y aunque haya poco aire en el lado que nos mira, es posible que haya mucho en el opuesto.

—¿Por qué razón?

—Porque la Luna, bajo la acción de la atracción terrestre, ha tomado la forma de un huevo, que vemos por su extremo más pequeño. De aquí ha deducido Hansen, cuyos cálculos son siempre de gran trascendencia, que el centro de gravedad de la Luna está situado en el otro hemisferio y, por consiguiente, todas las masas de aire y agua han debido de ser arrastradas al otro lado de nuestro satélite desde los primeros días de su creación.

—¡Paradojas!—exclamó el desconocido.

—¡No! Se trata de teorías que se apoyan en las leyes de la mecánica, y nada fáciles de refutar. Apelo al buen juicio de esta asamblea y pido que se pronuncie acerca de la cuestión de si existe la vida en la Luna como existe en la Tierra.

La propuesta obtuvo el consenso unánime de trescientos mil oyentes. El adversario de Miguel Ardan quería replicar pero no pudo hacerse oír. Una granizada de gritos y amenazas caía sobre él.

—¡Basta, basta!—gritaban unos.

—¡Fuera el intruso!—repetían otros.

—¡Fuera, fuera!—coreaba la multitud.

Pero el desconocido, firme, asido al estrado, no parecía inmutarse: dejaba pasar la tempestad sin moverse, aunque ésta había adquirido proporciones colosales. Miguel Ardan pidió silencio. Su noble corazón le impedía aprovechar los rugidos de la multitud para vencer a su oponente y abandonarlo en el apuro en que se veía.

—¿Deseáis añadir algunas palabras?—preguntó Ardan con la mayor cortesía.

—¡Sí! ¡Cien! ¡Mil palabras!—gritó el desconocido—. Pero no, me basta una sola. Para perseverar en el proyecto es preciso,... debéis ser...

—¿Un imprudente? ¿Cómo podéis tratarme así, sabiendo que he pedido una bala cilindrocónica a mi amigo Barbicane, para no dar por el camino miles de vueltas, como una ardilla?

—¡Loco! ¡Desgraciado! ¡Al salir del cañón, la explosión os hará pedazos por sí sola!

—Estimado contradictor acabáis de poner el dedo en la llaga, en la verdadera y única dificultad; pero la buena opinión que tengo formada del genio industrial de los norteamericanos me permite creer que llegará a resolverse.

—¿Y el calor desarrollado por la velocidad del proyectil al atravesar las capas de aire?

—¡Oh! Sus paredes son gruesas y llegaré rápido.

—¿Y víveres? ¿Y agua?

—He calculado que podría llevar víveres y agua para un año, y la travesía durará cuatro días.

—¿Y el aire para respirar en el camino?

—Lo haré artificialmente por procedimientos químicos bien conocidos.

—¿Pero, vuestra caída a la Luna, suponiendo que lleguéis a ella…?

—Será seis veces menos rápida que una caída en la Tierra, porque el peso es seis veces menor en la superficie de la Luna.

—¡Pero aun así, será suficiente para romperos como un pedazo de vidrio!

—¿Y quién me impedirá retardar mi caída por medio de cohetes convenientemente dispuestos y encendidos en ocasión oportuna?

—Por último, aun suponiendo que se hayan resuelto todas las dificultades, que se hayan allanado todos los obstáculos, que se hayan reunido a favor vuestro todas las probabilidades, aun admitiendo que lleguéis sano y salvo a la Luna, ¿cómo volveréis?

—¡No volveré!

Ante esta respuesta, sublime por su sencillez, la asamblea quedó muda. Pero su silencio fue más elocuente que todos los gritos de entusiasmo. El desconocido se aprovechó para protestar por última vez:

—Os mataréis infaliblemente y vuestra muerte, que no será más que la muerte de un insensato, ¡ni siquiera servirá de algo a la ciencia!

—¡Proseguid, generoso desconocido, porque, la verdad, vuestros pronósticos son muy agradables!

—¡Ah! ¡Eso es demasiado!—exclamó el adversario de Miguel Ardan—. Y no sé por qué pierdo el tiempo en una discusión tan poco formal! ¡No desistáis de vuestra loca empresa! ¡No es nuestra la culpa!

—¡Oh! No os salgáis de vuestras casillas.

—¡No! Sobre otro pesará la responsabilidad de vuestros actos.

—¿Sobre quién?—preguntó Miguel Ardan con voz imperiosa—. ¿Sobre quién? Decidlo.

—Sobre el ignorante que ha organizado esta tentativa tan imposible como ridícula.

El ataque era directo. Barbicane, desde la intervención del desconocido, tuvo que esforzarse mucho para contenerse y conservar su sangre fría; pero al verse ultrajado de una manera tan terrible, se levantó precipitadamente, y ya marchaba hacia su adversario, que le aguardaba con la mayor serenidad, cuando de improviso se vio separado de él.

De pronto cien brazos vigorosos levantaron en alto el estrado, y el presidente del Gun-Club tuvo que compartir con Miguel Ardan los honores del triunfo. La carga era pesada pero los que la llevaban se iban relevando sin cesar, luchando todos con el mayor encarnizamiento unos contra otros para prestar a aquella manifestación el apoyo de sus hombros.

Mientras tanto, el desconocido no se había aprovechado del tumulto para abandonar su puesto. ¿Pero acaso, aunque hubiese querido, hubiera podido evadirse en medio de aquella compacta muchedumbre? Lo cierto es que no pensó en escabullirse, pues se mantenía en primera fila, con los brazos cruzados, mirando a Barbicane como si quisiera comérselo.

Barbicane tampoco le perdía a él de vista, y las miradas de aquellos dos hombres se cruzaban como dos espadas diestramente esgrimidas.

Los gritos de la multitud duraron tanto como la marcha triunfal. Miguel Ardan se dejaba llevar con evidente placer. Su rostro estaba radiante. De vez en cuando, parecía que el estrado se balanceaba como un buque azotado por las olas. Pero los dos héroes de la fiesta, acostumbrados a navegar, no se mareaban, y su buque llegó sin ninguna avería al puerto de Tampa.

Por suerte, Miguel Ardan pudo ponerse a salvo de los abrazos y apretones de manos de sus vigorosos admiradores. En la fonda *Franklin* encontró un refugio, subió a su cuarto, y se metió entre sábanas.

Al mismo tiempo ocurría una escena corta, grave, y decisiva entre el personaje misterioso y el presidente del Gun-Club.

Apenas se vio libre, Barbicane se dirigió a su adversario.

—¡Venid!—le dijo con voz breve.

El desconocido le siguió y no tardaron en hallarse los dos solos en un andén situado sobre el John's Fall.

No se conocían aún, y se miraron.

—¿Quién sois?—preguntó Barbicane.

—El capitán Nicholl.

—Me lo figuraba. Hasta ahora la casualidad no os había colocado en mi camino...

—¡Me he colocado en él yo mismo!

—Me habéis insultado...

—Públicamente.

—¡Exijo una satisfacción!

—Ahora mismo.

—No; quiero que todo discurra secretamente entre nosotros. Hay un bosque, el bosque de Shersnaw, a tres millas de Tampa. ¿Lo conocéis?

—Lo conozco.

—¿Tendréis inconveniente en entrar en él por un lado, mañana por la mañana, a las cinco?

—Ninguno, si a la misma hora entráis vos por el otro lado.

—¿Y no os olvidaréis de vuestro rifle?—preguntó Barbicane.

—Ni vos del vuestro—respondió Nicholl.

Pronunciadas estas palabras con la mayor calma, el presidente del Gun-Club y el capitán se separaron. Barbicane volvió a su casa, pero en vez de descansar, pasó la noche buscando el medio de evitar la repercusión del proyectil y resolver el difícil problema planteado por Miguel Ardan.

21

Cómo arregla un francés un desafío

Mientras entre el presidente y el capitán se concertaba aquel duelo terrible y salvaje, en el que un hombre se hace a la vez víctima y cazador de otro hombre, Miguel Ardan descansaba de las fatigas del triunfo. Pero en realidad no descansaba, no es esta la expresión adecuada, porque los colchones de las camas americanas nada tienen que envidiar por su dureza al mármol y al granito.

Ardan dormía, pues, bastante mal, removiéndose de un lado a otro entre las sábanas, y pensaba en proporcionarse un lugar de descanso más cómodo y mullido en su proyectil, cuando un ruido violento le arrancó de su sueño. Golpes desordenados conmovían su puerta como si fuesen propinados por un martillo, mezclándose con aquel estrépito unos desaforados gritos.

—¡Abre!—gritaba una voz desde fuera—. ¡Abre, pronto, en nombre del cielo!

Ninguna razón tenía Ardan para acceder a una demanda tan violentamente formulada. No obstante, se levantó y abrió la puerta, en el momento en que ésta iba a ceder a los esfuerzos del obstinado visitante.

El secretario del Gun-Club entró en el cuarto. No hubiera una bomba entrado en él con menos ceremonias. J. T. Maston dijo sin preámbulos:

—Anoche nuestro presidente fue públicamente insultado en la reunión. ¡Ha provocado a su adversario, que es nada menos que el capitán Nicholl! ¡Se baten los dos esta mañana en el bosque de Shersnaw! ¡Lo sé todo por el propio Barbicane! ¡Si éste muere, fracasan sus proyectos! ¡Es preciso, por consiguiente, impedir el duelo a toda costa! ¡No hay más que un hombre en el mundo que ejerza sobre Barbicane bastante influencia como para detenerle, y este hombre es Miguel Ardan!

Mientras Maston hablaba, Miguel Ardan se ponía sus anchos pantalones. Y no habían transcurrido dos minutos cuando los dos hombres alcanzaban a toda prisa los arrabales de Tampa.

En el trayecto, Maston acabó de poner a Ardan al corriente de todo lo sucedido. Le dio a conocer las verdaderas razones de la enemistad de Barbicane y de Nicholl, su antigua rivalidad, los amigos comunes que mediaron para que los adversarios no se encontrasen nunca cara a cara, y añadió que se trataba únicamente de una lucha entre coraza y proyectil, de suerte que la escena del mitin tan sólo había sido un pretexto urdido por el rencoroso Nicholl para buscar el enfrentamiento.

Nada más terrible que esos duelos característicos de los americanos, durante los cuales los dos adversarios se buscan entre la maleza y los matorrales, se acechan desde un escondrijo cualquiera y se disparan las armas en medio de lo más enmarañado de las selvas, como animales feroces. ¡Cuánto deben envidiar entonces los combatientes las maravillosas cualidades de los indios de las praderas, su perspicacia, su astucia, su conocimiento de los rastros, su olfato para percibir al enemigo! Un error, una vacilación, un mal paso pueden ocasionar la muerte. En estos momentos los norteamericanos se hacen acompañar con frecuencia por sus perros, y cazando y siendo cazados a un mismo tiempo, se persiguen alguna vez horas y horas.

—Pero, ¿qué clase de individuos sois? —exclamó Miguel Ardan cuando su compañero le describió con mucha energía todos los pormenores.

—Somos como somos—respondió modestamente J. T. Maston—. Pero hemos de darnos prisa.

El y Miguel Ardan tuvieron que correr mucho para atravesar la llanura humedecida por el rocío, pasar arrozales y torrentes, y aun así no pudieron llegar al bosque de Shersnaw antes de las cinco y media. Hacía media hora que Barbicane debía encontrarse en el teatro de la lucha.

Había allí un viejo leñador convirtiendo en leña algunos árboles caídos. Maston corrió hacia él, gritando:

—¿Habéis visto entrar en el bosque a un hombre armado de rifle, a Barbicane, el presidente... mi mejor amigo?

El digno secretario del Gun-Club pensaba en su inocencia que su presidente no podía dejar de ser conocido por todo el mundo. Pero el leñador no pareció comprenderle.

—Un cazador—dijo entonces Ardan.

—¿Un cazador? Sí, le he visto—respondió el leñador.

—¿Hace mucho tiempo?

—Cosa de una hora.

—¡Hemos llegado tarde!—exclamó Maston.

—¿Y habéis oído algún disparo?—preguntó Miguel Ardan.

—No.

—¿Ni uno solo?

—Ni uno solo. Por lo visto, no es buen día de caza para él.

¿Qué hacemos, Maston?

—Entrar en el bosque, aunque sea exponiéndonos a un balazo por equivocación. ¡Ah!—exclamó Maston con un acento salido del fondo de su corazón—. Preferiría diez balas en mi cabeza a una sola en la de Barbicane.

—¡Adelante, pues!—respondió Ardan estrechando la mano de su compañero.

A los pocos segundos los dos amigos se internaron en el espeso bosque de cedros, sicómoros, tulíperos, icacos, pinos, encinas y mangos, que entrecruzaban sus ramas formando una inextricable red, y privando a la vista de todo horizonte. Miguel Ardan y Maston no se separaban uno de otro, cruzando silenciosamente las altas malezas, abriéndose camino por entre vigorosos bejucales, interrogando con la mirada las matas y el ramaje perdidos en la sombría espesura y esperando oír de un momento a otro el mortífero estampido de los rifles. Imposible les hubiera sido reconocer las huellas que marcasen el paso de Barbicane, marchando como ciegos por senderos casi vírgenes y cubiertos de maleza en que un indio hubiera seguido uno tras otro los pasos de su enemigo.

Pasada una hora de vana y ociosa búsqueda, los dos compañeros se detuvieron. Su zozobra iba en aumento.

—Todo ha debido concluir, sin duda—dijo Maston descorazonado—.

Un hombre como Barbicane no se vale de astucias contra su enemigo, ni le tiende lazos, no procura desorientarle. ¡Es demasiado franco, demasiado valiente! ¡Ha acometido, pues, el peligro de frente, y sin duda tan lejos del leñador que éste no ha oído la detonación del arma!

—Pero... ¿y nosotros?—respondió Miguel Ardan—. En el tiempo transcurrido desde que entramos en el bosque, algo habríamos oído.

—¿Y si hubiésemos llegado demasiado tarde?—exclamó Maston con un acento de desesperación.

Miguel Ardan no supo qué responder. El y Maston prosiguieron su interrumpida marcha. De cuando en cuando, gritaban con toda la fuerza de sus pulmones: llamaban a Barbicane y a Nicholl, pero ninguno de los dos adversarios respondía a sus voces. Alegres bandadas de pájaros, que se levantaban al ruido de sus pasos y de sus palabras, desaparecían entre las ramas, y algunos gansos, azorados, huían precipitadamente hasta perderse en el fondo de la vegetación.

Una hora más se prolongaron las pesquisas: ya había sido explorada la mayor parte del bosque y nada revelaba la presencia de los combatientes. Había motivos para dudar de las afirmaciones del leñador, y Ardan iba ya a renunciar a un reconocimiento que le parecía inútil, cuando de repente Maston se detuvo.

—¡Silencio!—ordenó—. ¡Allí hay alguien!

—¿Hay alguien?—preguntó Ardan.

—¡Sí! ¡Un hombre! Parece inmóvil. No tiene el rifle en las manos. ¿Qué hace, pues?

—¿Pero le reconoces?—preguntó Miguel Ardan, cuya vista corta era para él un gran inconveniente en aquellas circunstancias.

—¡Sí!—respondió Maston.

—¿Y quién es?

—El capitán Nicholl.

—Nicholl—respondió Miguel Ardan, sintiendo que una gran pena le atenazaba el corazón.

—¡Nicholl desarmado...! Ya no teme a su adversario.

—Vamos hacia él—dijo Miguel Ardan— y sabremos a qué atenernos.

Pero él y su compañero no habían dado aún cincuenta pasos cuando se detuvieron para examinar más atentamente al capitán. ¡Se habían imaginado encontrar a un hombre sediento de sangre y entregado enteramente a su venganza! Al verle quedaron atónitos.

Entre dos tulíperos gigantescos había tendida una red de malla estrecha, en cuyo centro un pajarillo, con las alas enredadas, forcejeaba lanzando lastimosos quejidos. El cazador que había armado aquella inextricable trampa no era humano: era una araña venenosa, indígena del país, del tamaño de un huevo de paloma, y provista de enormes patas. El repugnante animal, en el momento de precipitarse contra su presa, se vio a su vez amenazado por un enemigo temible, y retrocedió para ocultarse entre las altas ramas del tulípero.

El capitán Nicholl, olvidando los peligros que le amenazaban, había dejado el rifle en el suelo y, se ocupaba en libertar con la mayor delicadeza posible a la víctima capturada en la red de la monstruosa araña. Cuando hubo concluido su operación, devolvió la libertad al pajarillo, que desapareció moviendo alegremente las alas.

Nicholl le contemplaba enternecido huir por entre las ramas cuando oyó las siguientes palabras pronunciadas con voz conmovida:

—¡Sois un valiente y un hombre de bien a carta cabal!

Se volvió. Miguel Ardan se hallaba en su presencia repitiendo en todos los tonos:

—¡Y un hombre generoso!

—¡Miguel Ardan!—exclamó el capitán—. ¿Qué habéis venido a hacer aquí, caballero?

—Vengo, Nicholl, a daros un apretón de manos y a impedir que matéis a Barbicane, o que él os mate.

—¡Barbicane! ¡Hace dos horas que le busco y no le encuentro! ¿Dónde se oculta?

—Nicholl—dijo Miguel Ardan—eso no es decoroso. Se debe respetar siempre a un adversario. Tranquilizaos, que si Barbicane vive, le encontraremos, tanto más cuanto que, a no ser que se divierta como vos en socorrer pájaros en peligro, él también os estará buscando. Pero Miguel Ardan es quien os lo dice: cuando le hayamos encontrado, no se tratará ya de un duelo entre vosotros...

—Entre el presidente Barbicane y yo—respondió gravemente Nicholl—hay una rivalidad que sólo la muerte de uno de los dos...

—No prosigáis—repuso Miguel Ardan—. Valientes como vosotros, aun siendo enemigos, pueden estimarse. ¡No os batiréis!

—¡Me batiré, caballero!

—¡No!

—Capitán—dijo entonces J. T. Maston con la mayor sinceridad y ardiente fe—soy amigo del presidente, su *alter ego;* si estáis absolutamente decidido a matar a alguien, matadme a mí, y será exactamente lo mismo.

—Caballero—dijo Nicholl apretando convulsivamente su rifle—, ese tipo de bromas...

—El amigo Maston no se burla—respondió Miguel Ardan—, y comprendo su resolución de hacerse matar por el hombre que es su amigo predilecto. Pero ni él ni Barbicane caerán fulminados por las balas del capitán Nicholl, porque tengo que hacer a los dos rivales una proposición tan seductora que la aceptarán con entusiasmo.

—¿Qué proposición?—preguntó Nicholl, con visible incredulidad.

—Un poco de paciencia—respondió Ardan—. No puedo hablar en ausencia de Barbicane.

—Busquémosle, pues—exclamó el capitán.

Inmediatamente los tres se pusieron en marcha. El capitán, después de haber puesto el seguro al rifle que había amartillado, se lo echó a la espalda y avanzó con paso cauteloso, en silencio. Durante media hora, siguió la búsqueda, que resultó inútil. Maston se sentía preocupado por un siniestro presentimiento. Observaba con severidad a Nicholl, preguntándose si el capitán habría satisfecho su venganza, y si el desgraciado Barbicane, herido de un balazo, yacía sin vida en el fondo de algún matorral ensangrentado. Al parecer, Miguel Ardan había concebido la misma sospecha, y los dos interrogaban con la vista al capitán Nicholl. Maston se detuvo de repente.

A veinte pasos de distancia, medio oculto, aparecía el busto de un hombre, apoyado en el tronco de un árbol gigantesco.

—¡Es él!—dijo Maston.

Barbicane no se movía. Ardan fijó sus ojos en los del capitán, pero éste permaneció impasible. Ardan dio algunos pasos, gritando:

—¡Barbicane! ¡Barbicane!

No obtuvo respuesta. Entonces se precipitó hacia su amigo; pero en el momento de irle a coger del brazo, se detuvo, lanzando un grito de sorpresa.

Barbicane, con el lápiz en la mano, trazaba fórmulas y figuras geométricas en un cuadernito. Su rifle estaba en el suelo, tirado de cualquier manera, sin montar.

Absorbido por sus cálculos, olvidados su desafío y su venganza, el sabio nada había visto ni oído. Pero cuando Miguel Ardan le dio la mano, se incorporó y le miró con asombro.

—¡Cómo! ¿Tú aquí?—exclamó Barbicane—. ¡Ya tengo lo importante, amigo mío! ¡Ya di con ello!

—¿Qué?

—¡Mi medio!

—¿Qué medio?

—¡El medio de anular el efecto de la repercusión al arrancar el proyectil!

—¿De veras?—dijo Miguel Ardan mirando al capitán con el rabillo del ojo.

—¡Sí, con agua! ¡Con agua común, que amortiguará…! ¡Ah, Maston! —exclamó Barbicane.

—El mismo—respondió Miguel Ardan—. Y permíteme presentarte al mismo tiempo al digno capitán Nicholl.

—¡Nicholl!—exclamó Barbicane, que se puso en pie al momento—. Perdón, capitán, había olvidado… Pero ya estoy preparado.

Miguel Ardan intervino sin dar a los dos enemigos tiempo de interpelarse. Dijo:

—¡Por vida de…! Ha sido una suerte que valientes como vosotros no se hayan encontrado antes. Ahora tendríamos que llorar a uno de los dos. Pero gracias a Dios, que ha intervenido, no hay ya nada que temer. Cuando se olvida el odio para abismarse en problemas de mecánica o jugar una mala pasada a las arañas, tal odio no es peligroso para nadie.

Y Miguel Ardan contó al presidente la historia del capitán, añadiendo:

—Ahora quisiera que me dijerais si dos hombres de tan buenos sentimientos como vosotros han sido creados para romperse la cabeza a balazos.

En aquella situación había algo tan inesperado y ligeramente ridículo que Barbicane y Nicholl no sabían qué actitud guardar uno respecto del otro. Miguel Ardan lo comprendió, y resolvió precipitar la reconciliación.

—Mis buenos amigos—dijo, dejando asomar a sus labios su sonrisa más seductora—, entre vosotros no ha habido nunca más que una mala inteligencia. No ha habido otra cosa. Pues bien, para probar que todo entre vosotros ha concluido, y puesto que sois hombres a quienes no duelen prendas y saben arriesgar su pellejo, aceptad francamente la proposición que voy a haceros.

—Hablad—dijo Nicholl.

—El amigo Barbicane cree que su proyectil irá derecho a la Luna.

—Sí, lo creo—replicó el presidente.

—Y el amigo Nicholl está persuadido de que volverá a caer a la Tierra.

—Estoy seguro—exclamó el capitán.

—Muy bien—repuso Miguel Ardan—. No trato de poneros de acuerdo; pero os digo sencillamente: partid conmigo y lo veréis.

—¡Qué idea!—murmuró J. T. Maston, asombrado.

Al oír aquella proposición tan imprevista, los dos rivales se miraron y siguieron observándose con atención. Barbicane aguardaba la respuesta del capitán. Nicholl esperaba las palabras del presidente.

—¿Qué resolvéis? ¡Ya que no hay que temer repercusiones...!

—¡Aceptado!—dijo Barbicane.

Y Nicholl aceptó al unísono.

—¡Bravo! ¡Viva!—exclamó Miguel Ardan tendiendo la mano a los dos adversarios—. Y ahora que el asunto está arreglado permitidme, amigos míos, trataros a la francesa. Vamos a almorzar.

22

El nuevo ciudadano de Estados Unidos

Aquel mismo día América entera se enteró del desafío y de su singular desenlace. El papel desempeñado por el caballeresco europeo, la inesperada proposición con que zanjó las dificultades, la simultánea aceptación de los dos rivales, la conquista del continente lunar a la cual iban a marchar unidas Francia y Estados Unidos, todo contribuía a aumentar más y más la popularidad de Miguel Ardan. Ya se sabe con qué frenesí se apasionan los norteamericanos por un individuo. En un país en que graves magistrados tiran del coche de una bailarina para llevarla al triunfo, júzguese cual sería la pasión que se desencadenó en favor del francés, audaz entre todos los audaces. Si los ciudadanos no desengancharon sus caballos para colocarse ellos en su lugar, fue probablemente porque él no tenía caballos, pero todas las demás pruebas de entusiasmo le fueron prodigadas. No había uno solo que no estuviese unido a él con el alma. *Ex pluribus unum,* según la divisa de Estados Unidos.

Desde aquel día Miguel Ardan no tuvo un momento de reposo. Delegaciones procedentes de todos los ángulos de la Unión le felicitaron; y con gusto o con callada irritación, tuvo que recibirles. Las manos que estrechó fueron incontables, pero se rindió al cabo, y su voz enronquecida por tantos *speachs* salía de sus labios sin articular casi sonidos inteligibles, sin contar con que los banquetes que tuvo que aceptar le produjeron trastornos estomacales. Tantos brindis, acompañados de fuertes licores, hubieran producido desde el primer día a cualquier otro un *delirium tremens;* pero él sabía mantenerse dentro de los límites de una semiembriaguez alegre y divertida.

Entre las delegaciones de todo tipo que le asaltaron, la de los *lunáticos* no olvidó lo que debía al futuro conquistador de la Luna. Un día, algunos de aquellos desgraciados dementes, asaz numerosos en América, le visitaron para pedirle que les llevase con él a su país natal. Algunos pretendían hablar el *selenita* y quisieron enseñarselo a Miguel Ardan. Este se prestó con docilidad a su inocente manía y se encargó de recibir los recados y encargos para sus amigos de la Luna.

—¡Singular locura!—comentó a Barbicane después de haberles despedido—. Y es una locura que ataca con frecuencia a inteligencias privilegiadas. Arago, uno de nuestros sabios más ilustres, me decía que muchas personas muy discretas y muy reservadas en sus concepciones se dejaban arrastrar a la suprema exaltación, a increíbles singularidades, siempre que se ocupaban de la Luna. ¿Crees tú en la influencia de la Luna en las enfermedades?

—Poco—respondió el presidente del Gun-Club.

—Lo mismo me ocurre a mí y, sin embargo, la historia registra hechos asombrosos. En 1693, durante una epidemia, las defunciones aumentaron considerablemente el día 21 de enero, en el momento de un eclipse. Durante los eclipses de Luna, el célebre Bacon se desvanecía, y no volvía en sí hasta después de la completa aparición del astro. El rey Carlos IV, durante el año 1399, sufrió seis arrebatos de locura que coincidieron con la Luna nueva o con la Luna llena. Algunos médicos han clasificado la epilepsia o mal divino entre las enfermedades que siguen las fases de la Luna, y parece que las afecciones nerviosas han sufrido a menudo su influencia. Mead habla de un niño que experimentaba convulsiones cuando la Luna entraba en oposición. Gall comprobó que la exaltación de las personas débiles aumentaba dos veces cada mes, una en el novilunio y otra en el plenilunio. En fin, hay mil observaciones del mismo género sobre los vértigos, las fiebres malignas, los sonambulismos, que tienden a probar que el astro de la noche ejerce una misteriosa influencia sobre las enfermedades terrestres.

—¿Pero, cómo? ¿Porqué?—preguntó Barbicane.

—Te daré la misma respuesta que Arago repetía siglos después de Plutarco: *Tal vez porque no es verdad.*

En medio de su triunfo, no pudo Miguel Ardan librarse de ninguna de las secuelas inherentes a su conversión en hombre célebre. Algunos empresarios sensacionalistas quisieron aprovechar su fama y exhibirle. Barnum le ofreció un millón para pasearlo de una ciudad a otra por Estados Unidos y darlo en espectáculo como si de un animal curioso se tratara. Miguel Ardan le trató de *cornac* (conductor de elefantes) y le envió a paseo.

Sin embargo, aunque se negó a satisfacer de esta manera la curiosidad pública, circularon por todo el mundo y ocuparon el puesto de honor en los álbumes sus numerosos retratos, de los cuales se sacaron pruebas de todos los tamaños, desde el natural hasta las reducciones microscópicas para sellos de correo. Había ejemplares en todas las actitudes posibles: retrato de cabeza, retrato de busto, retrato de cuerpo entero, sentado, de pie, de perfil, de espalda... Se tiraron más de 1.500.000 ejemplares, y podía muy bien, pero no quiso, haber aprovechado la ocasión de enriquecerse con sus propias reliquias. Sin más que vender sus cabellos a un dólar cada uno, tenía los suficientes para hacer una fortuna.

En honor a la verdad, diremos que esta popularidad no le desagradaba. Por el contrario, se ponía a disposición del público y se carteaba con el universo entero. Se repetían sus chistes, se propagaban sus felices ocurrencias —sobre todo las que él no había tenido—, y como las tenía en abundancia, se le atribuían muchas más. Así es el mundo. Más limosnas se hacen al rico que al pobre.

No sólo los hombres le eran propicios. ¡Cuántos buenos matrimonios se le hubieran presentado por pocos deseos que hubiera manifestado de casarse! Las viejas solteronas, en especial las que habían pasado cuarenta años esperando inútilmente a un marido caritativo, estaban día y noche contemplando sus fotografías.

La verdad es que hubiera encontrado compañeras a centenares, aunque les hubiese impuesto la condición de seguirle en su peregrinación aérea. Las mujeres son intrépidas cuando no tienen miedo a todo. Pero Ardan no tenía intención de fundar una dinastía en el continente lunar. Por tanto se negó.

—¡Ir allá arriba a representar el papel de Adán con una hija de Eva! ¡Gracias! ¡No tardaría en encontrar serpientes!—exclamaba.

Apenas pudo sustraerse a las alegrías demasiado repetidas del triunfo, fue seguido de sus amigos, a hacer una visita al *Columbia*. Se la debía. Además, se había hecho muy entendido en balística desde que vivía con Barbicane y J. T. Maston. Su mayor placer consistía en repetir a aquellos bravos artilleros que no eran más que homicidas amables y sabios. Respecto del particular no se agotaba nunca su ingenio. El día en que visitó el cañón, lo admiró mucho y bajó hasta el fondo del ánima de aquel gigantesco mortero que debía muy pronto lanzarlo por el aire.

—Al menos—dijo—, este cañón no hará daño a nadie, lo que, tratándose de un cañón, no deja de ser una maravilla. Pero en cuanto a vuestras máquinas que destruyen, que incendian, que rompen, que matan, no me habléis de ellas, y sobre todo, no me digáis que tienen ánima o alma, que es lo mismo, porque yo no lo creo.

Debemos aquí mencionar una proposición de J. T. Maston. Cuando el secretario del Gun-Club oyó que Barbicane y Nicholl aceptaban la propuesta de Miguel Ardan, le entraron ganas de unirse a ellos y formar parte de la expedición y un día manifestó su deseo. Barbicane, sintiendo mucho no poder acceder a su demanda, le hizo comprender que el proyectil no podía llevar tantos pasajeros. J. T. Maston, desesperado, acudió a Miguel Ardan, quien le aconsejó resignación y recurrió a argumentos *ad hominem.*

—Oye, querido Maston—le dijo—, no des a mis palabras un alcance que no tienen; pero sea dicho entre nosotros, la verdad es que eres demasiado incompleto para presentarte en la Luna.

—¡Incompleto!—exclamó el valeroso inválido.

— ¡Sí, mi valiente amigo! Supón que encontremos habitantes allí arriba. ¿Querrás darles una triste idea de lo que pasa aquí, enseñarles lo que es la guerra, demostrarles que los hombres invierten el tiempo más precioso en devorarse, en comerse, en romperse brazos y piernas, en un globo que podría alimentar cien mil millones de habitantes, y cuenta apenas mil doscientos millones? Vamos, amigo mío, no quieras que en la Luna nos den con la puerta en las narices, que nos echen con cajas destempladas.

—Pero, si vosotros llegáis en pedazos—replicó J. T. Maston—, seréis tan incompletos como yo.

—Es una verdad de Pero Grullo—respondió Miguel Ardan—, pero nosotros llegaremos muy completos.

En efecto, un experimento preliminar, intentado por vía de ensayo el 18 de octubre, había dado los mejores resultados y hecho concebir las más legítimas esperanzas. Barbicane, deseando darse cuenta del efecto de repercusión en el momento de partir un proyectil, mandó traer del arsenal de Pensacola un mortero de treinta y dos pulgadas. Lo situó en la rada de Hillisboro a fin de que la bomba cayera al mar y se amortiguase su choque. Tratábase únicamente de experimentar el sacudimiento a la salida y no el choque al caer.

Para este interesante experimento se preparó con el mayor esmero un proyectil hueco. Una gruesa almohadilla, aplicada a una red de muelles de acero delicadamente templados, forraba sus paredes interiores. Era un verdadero nido cuidadosamente mullido y acolchado.

—Qué lástima no poder meterse en él—decía J. T. Maston, lamentando que su volumen no le permitiera intentar la aventura.

La ingeniosa bomba se cerraba por medio de una tapa con tornillos, y se introdujo en ella un enorme gato negro, y más tarde una ardilla perteneciente al secretario del Gun-Club, J. T. Maston, a la cual éste profesaba un verdadero cariño. Pero se quería saber prácticamente cómo soportaría el viaje un animalito tan poco sujeto a vértigos.

Se cargó el mortero con ciento sesenta libras de pólvora y, colocada en él bomba, se dio la voz de fuego.

El proyectil salió inmediatamente con la rapidez propia de las balas, describió majestuosamente su parábola, subió a una altura de unos mil pies y, formando una graciosa curva, cayó en el mar y se hundió en el mar.

Sin pérdida de tiempo, se dirigió una embarcación al lugar de la caída, y hábiles buzos que se echaron al agua ataron con cables el proyectil, que fue izado rápidamente a bordo. No habían transcurrido más que unos minutos desde el momento en que fueron encerrados los animales cuando se levantó la tapa de su mazmorra.

Ardan, Barbicane, Maston y Nicholl se hallaban en la embarcación y examinaron la operación con el interés que fácilmente puede comprenderse. Apenas se abrió la bomba, salió el gato echando chispas, lleno de vida, aunque no de muy buen humor, si bien nadie hubiera dicho que acababa de regresar de una expedición aérea. Pero, ¿y la ardilla? ¿Dónde estaba que no se encontraba de ella ni rastro? Forzoso fue admitir la verdad: el gato se había comido a su compañero de viaje.

La pérdida de su graciosa e infortunada ardilla causó verdadera pesadumbre a J. T. Maston, el cual se propuso inscribir el nombre de tan digno animal en el martirologio de la ciencia.

Después de un experimento tan concluyente y coronado por tan feliz éxito, todas las vacilaciones y temores desaparecieron. Por añadidura, los planes de Barbicane debían perfeccionar aún más el proyectil y anular casi enteramente los efectos de la repercusión. No faltaba ya más que ponerse en camino.

Dos días después Miguel Ardan recibió un mensaje del presidente de la Unión, siendo éste un honor que halagó mucho su amor propio. Lo mismo que a su caballeresco compatriota el marqués de La Fayette, el Gobierno le confirió el título de ciudadano de Estados Unidos de América.

23

El vagón proyectil

Terminado el monstruoso *Columbia*, el interés público fue inmediatamente reclamado por el proyectil, nuevo vehículo destinado a transportar, atravesando el espacio, a los tres atrevidos aventureros. Nadie había olvidado que en su comunicación del 30 de septiembre Miguel Ardan pedía una modificación de los planos adoptados por los miembros de la Comisión.

El presidente Barbicane pensaba entonces muy acertadamente que la forma del proyectil importaba poco porque, después de haber atravesado la atmósfera en algunos segundos, su trayecto debía efectuarse en un vacío absoluto. La Comisión había optado por la forma esférica para que la bala pudiese girar sobre sí misma y conducirse a su arbitrio. Pero desde el momento en que se pretendía transformarla en vehículo, la cuestión era ya muy diferente. Miguel Ardan no quería viajar a la manera de las ardillas; deseaba subir con la cabeza hacia arriba y con los pies hacia abajo, con tanta dignidad como en la barquilla de un globo aerostático, sin duda más deprisa, pero sin entregarse a una sucesión de cabriolas poco decorosas.

Se enviaron, pues, nuevos planos a Breadwill y Compañía de Albany, con recomendación de ejecutarlos sin demora. El proyectil, con las modificaciones requeridas, fue fundido el 2 de noviembre y enviado inmediatamente a Stone's Hill por el ferrocarril del Este.

El 10 del mismo mes llegó sin accidente al lugar de destino. Miguel Ardan, Barbicane y Nicholl aguardaban con la mayor impaciencia aquel *vagón proyectil* en que debían tomar asiento para volar al descubrimiento de un nuevo mundo.

Hay que reconocer que el proyectil era una magnífica pieza de metal, un producto metalúrgico que hacía honor al genio industrial de los americanos. Era la primera vez que se obtenía el aluminio en masa tan considerable, lo que podía justamente considerarse como un resultado prodigioso. El precioso proyectil centelleaba bajo los rayos del sol. Al verlo con sus formas imponentes y con su sombrero cónico encasquetado, cualquiera lo hubiera tomado por una de aquellas macizas torres que los arquitectos de la Edad Media colocaban en el ángulo de las fortalezas. No le faltaban más que saeteras y una veleta.

—Me parece que va a salir de aquí un hombre de armas con arcabuz y coraza—decía Miguel Ardan—. Nosotros estaremos dentro como unos señores feudales, y con un poco de artillería, haríamos frente a todos los ejércitos selenitas, en la hipótesis de que los haya en la Luna.

—¿Es decir, que te gusta el vehículo?—preguntó Barbicane a su amigo.

—Sí, me gusta, me gusta—respondió Miguel Ardan, que lo examinaba con ese amor por lo bello característico de los artistas—. Me gusta, pero siento que sus formas no sean más esbeltas, más ligeras, su cono más gracioso; debería terminar con un florón de metal tallado, o con una quimera, una gárgola, una salamandra saliendo del fuego con las alas desplegadas y las fauces abiertas...

—¿Para qué?—preguntó Barbicane, cuyo carácter positivo era poco sensible a las bellezas del arte.

—¿Para qué, amigo Barbicane? ¡Ay! Por el mero hecho de preguntarlo, temo que no lo comprenderás nunca.

—Habla, hombre, habla.

—Pues bien, en mi concepto, en todo lo que se hace debe intervenir en alguna medida el gusto artístico, y vale más que sea así. ¿Conoces una comedia india que se llama *El Carretón del Niño*?

—No la he oído nombrar en mi vida—respondió Barbicane.

—Lo creo, no es menester que me lo jures—repuso Miguel Ardan—. Sabe, pues, que en dicha pieza hay un ladrón que en el momento de agujerear la pared de una casa, se pregunta si dará a su agujero la forma de una lira, de una flor, de un pájaro o de un ánfora. Pues bien, dime, amigo Barbicane, si en aquella época hubieras formado parte de un jurado para juzgar a ese ladrón, ¿le hubieras condenado?

—Y no le hubiera salvado nadie—respondió el presidente del Gun-Club—. Le hubiera condenado sin vacilar, y con el agravante de fractura.

—Pues yo le hubiera absuelto, amigo Barbicane. He aquí por qué tú no podrás nunca comprenderme.

—Ni trataré de hacerlo, valeroso artista.

—Pero al menos—añadió Miguel Ardan—, ya que el exterior de nues-

Hay que reconocer que el proyectil era una magnífica pieza de metal...

tro vagón deja algo que desear, se me permitirá amueblarlo a mi gusto, y con todo el lujo que corresponde a embajadores de la Tierra.

—Acerca del particular, querido amigo, puedes hacer lo que gustes, tienes carta blanca—dijo Barbicane.

Pero antes de pensar en lo agradable, el presidente del Gun-Club había pensado en lo útil, y el procedimiento inventado por él para amortiguar los efectos de la repercusión fueron aplicados con una inteligencia perfecta.

Barbicane había llegado a la acertada conclusión de que no existía resorte lo bastante poderoso como para amortiguar el impacto, y durante su paseo por el bosque de Shersnaw logró resolver esta gran dificultad de una manera ingeniosa: pensó en servirse para ello del agua. Y ahora veremos de qué manera.

El proyectil debía llenarse de agua hasta la altura de tres pies. Esta capa de agua estaba destinada a sostener un disco de madera perfectamente ajustado, que se deslizase rozando por las paredes interiores del proyectil, y constituía una verdadera almadía en que se colocaban los pasajeros. La masa líquida estaba dividida por tabiques horizontales que el choque debía romper sucesivamente al partir el proyectil. Entonces todas las capas de agua, desde la más alta a la más baja, escapándose por tubos de desagüe hacia la parte inferior del proyectil, obraban como un resorte, no pudiendo el disco, por estar dotado de tapones sumamente poderosos, chocar con el fondo sino después de la sucesiva destrucción de los diversos tabiques. Aun así, los viajeros experimentarían una repercusión violenta después de la completa expulsión de la masa líquida; pero el primer choque quedaría casi enteramente amortiguado por aquel resorte de tanta potencia.

Cierto es que tres pies de agua sobre una superficie de cincuenta y cuatro pies cuadrados, pesarían cerca de once mil quinientas libras; pero Barbicane consideraba que, la expansión de los gases acumulados en el *Columbia* bastaría para vencer este aumento de peso, y además el choque debía expulsar toda el agua en menos de un segundo, con lo que el proyectil volvería a tener casi al momento su peso normal.

He aquí lo que había ideado el presidente del Gun-Club y de qué manera pensaba haber resuelto la grave dificultad de la repercusión. Por lo demás, aquel trabajo, perspicazmente comprendido por los ingenieros de la Breadwill, fue maravillosamente ejecutado. Una vez producido el efecto y expulsada el agua, los viajeros podían desprenderse fácilmente de los tabiques, rotos, y desmontar el disco móvil que los sostenía en el momento de la partida.

En cuanto a las paredes superiores del proyectil, estaban revestidas de un denso almohadillado de cuero y aplicadas a muelles de acero perfectamente templado que tenían la elasticidad de los resortes de un reloj. Los tubos de desagüe, disimulados bajo el almohadillado, no permitían siquiera sospechar su existencia.

Por consiguiente, estaban tomadas todas las precauciones imaginables para amortiguar el primer choque, y según decía Miguel Ardan, para dejarse aplastar, hubiera sido necesario, ser un hombre de pacotilla.

El proyectil medía exteriormente nueve pies de ancho y catorce de altura. Para que no excediese del peso establecido, se había disminuido algo el espesor de sus paredes y reforzado su parte inferior, que tenía que sufrir toda la violencia de los gases desarrollados por la deflagración del piróxilo. Lo mismo se hace con las bombas y granadas cilindrocónicas, cuyas paredes se procura que sean siempre más gruesas en el fondo.

Se penetraba en aquella torre de metal por una estrecha abertura practicada en las paredes del cono, semejante a los *agujeros para hombre* de las calderas de vapor. Se cerraba herméticamente por medio de una chapa de aluminio que sujetaban por dentro poderosas tuercas de presión. Los viajeros podrían, pues, salir de su movible cárcel al astro de la noche.

Pero no bastaba ir, sino que era preciso ver durante el camino. Al efecto se abrían en el almohadillado cuatro tragaluces con su correspondiente cristal lenticular sumamente grueso. Dos de los tragaluces estaban abiertos en la pared circular del proyectil, otro en su parte inferior y otro en el cono. Durante su marcha, los viajeros podrían observar la Tierra que abandonaban, la Luna a la cual se acercaban y los espacios planetarios. Los tragaluces estaban protegidos contra los choques de la partida por planchas sólidamente incrustadas que fácilmente podían echarse fuera quitando las tuercas interiores. Así, el aire contenido en el proyectil no podía escaparse, y eran posibles las observaciones.

Todos estos mecanismos, admirablemente establecidos, funcionaban con la mayor facilidad, y los ingenieros no se habían mostrado menos inteligentes en todos los accesorios del vagón proyectil.

Recipientes sólidamente sujetos estaban destinados a contener el agua y los víveres que necesitaban los tres viajeros. Estos podían procurarse también fuego y luz por medio de gas almacenado en un receptáculo especial a una presión de varias atmósferas. Bastaba dar vuelta a una llave para que durante seis días el gas alumbrase y calentase el cómodo vehículo. Se ve, pues, que nada faltaba de lo esencial para la vida y hasta para el bienestar. Además, gracias a los gustos de Miguel Ardan, a lo útil se unió lo agradable, bajo la forma de objetos artísticos. Si no hubiese faltado espacio, Miguel Ardan hubiera convertido su proyectil en un verdadero taller de artista. Se engañaría sin embargo el que creyese que tres personas debían ir en la torre de metal apretadas como sardinas en una lata. Tenían a su disposición una superficie de unos cincuenta y cuatro pies cuadrados por diez de altura, lo que permitía a sus huéspedes cierta holgura en sus movimientos. No hubieran estado tan cómodos en ningún vagón de Estados Unidos.

Resuelta la cuestión de los víveres y del alumbrado, quedaba en pie la cuestión del aire. Era evidente que el aire encerrado en el proyectil no bastaría para la respiración de los viajeros durante cuatro días, pues cada hombre consume en una hora casi todo el oxígeno contenido en cien litros de aire. Barbicane, con sus dos compañeros y dos perros que quería llevarse, debía consumir cada veinticuatro horas dos mil cuatrocientos litros de oxígeno. Era, pues, preciso renovar el aire del proyectil. ¿Cómo? Por un procedimiento muy sencillo, el de Reisset y Regnault, indicado por Miguel Ardan en el curso de la discusión durante la asamblea.

Se sabe que el aire se compone principalmente de veintiuna partes de oxígeno y setenta y nueve de hidrógeno. ¿Qué sucede en el acto de la respiración? Un fenómeno muy sencillo. El hombre absorbe el oxígeno del aire, básico para alimentar la vida y deja el hidrógeno intacto. El aire aspirado ha perdido cerca de un 5% de su oxígeno y contiene entonces un volumen más o menos igual de ácido carbónico, producto resultante de la combustión de los elementos de la sangre con el oxígeno inspirado. Sucede, pues, que en un medio cerrado, y pasado cierto tiempo, todo el oxígeno del aire es reemplazado por ácido carbónico, gas esencialmente deletéreo.

La cuestión se reducía a lo siguiente: habiéndose conservado intacto el hidrógeno, en primer lugar, había que rehacer el oxígeno absorbido, y, en segundo lugar, eliminar el ácido carbónico espirado. Nada más fácil, por medio de clorato de potasa y de potasa cáustica.

El clorato de potasa es una sal que se presenta bajo la forma de cristales blancos. Cuando se eleva a una temperatura que pase de 400 grados, se transforma en cloruro de potasio, y el oxígeno que contiene se desprende enteramente. Dieciocho libras de clorato de potasa dan siete libras de oxígeno, es decir, la cantidad que necesitan consumir los viajeros en veinticuatro horas. Ya está repuesto el oxígeno.

En cuanto a la potasa cáustica, es una materia muy ávida del ácido carbónico mezclado con el aire, y basta agitarla para que se apodere de él y forme bicarbonato de potasa. Ya tenemos también absorbido el ácido carbónico.

Combinando estos dos medios, hay seguridad de devolver al aire viciado todas sus cualidades vivificadoras, y esto es lo que los dos químicos Reisset y Regnault habían experimentado con éxito.

Pero debemos aclarar que el experimento hasta entonces se había hecho únicamente *in anima vili*. Por mucha que fuese su precisión científica, se ignoraba absolutamente cómo lo sobrellevarían los hombres.

Tal fue la observación que se planteó en la sesión en que se trató tan grave materia. Miguel Ardan no quería poner en duda la posibilidad de vivir por medio de aquel aire ficticio, y se ofreció a ensayarlo en sí mismo antes de la partida.

Pero el honor de la prueba fue enérgicamente reclamado por J. T. Maston.

—Ya que yo no parto—dijo el bravo artillero—, lo menos que se me debe conceder es que habite el proyectil durante ocho días.

Hubiera sido una crueldad no acceder a su petición, de modo que decidieron complacerle. Se puso a su disposición una cantidad suficiente de clorato de potasa y de potasa cáustica, con víveres para ocho días, y el 12 de noviembre, a las seis de la mañana, después de dar un apretón de manos a sus amigos y haber recomendado expresamente que no se abriese su cárcel antes de las seis de la tarde del día 20, se deslizó en el proyectil, cuya plancha se cerró luego herméticamente.

¿Qué sucedió durante aquellos ocho días? Imposible saberlo. Las gruesas paredes del proyectil no permitían oír ningún ruido de los que dentro de él se producían.

Pero el 20 de noviembre, a las seis en punto, se levantó la plancha. Los amigos de J. T. Maston, no dejaban de sentir cierta inquietud. Pero pronto se tranquilizaron oyendo una voz alegre que prorrumpía en un formidable grito de entusiasmo.

El secretario del Gun-Club apareció luego en el vértice del cono, en actitud de triunfo.

¡Había engordado!

24

El telescopio de las Montañas Rocosas

El 20 de octubre del año precedente, el presidente del Gun-Club había abierto un crédito al Observatorio de Cambridge por las sumas necesarias para la construcción de un enorme instrumento de óptica. Este aparato, anteojo o telescopio, tendría que tener tal potencia que con él fuese visible en la superficie de la Luna un objeto cuyo volumen no excediese de nueve pies.

Entre anteojo y telescopio hay una diferencia importante, que conviene recordar en este momento. El anteojo se compone de un tubo que en su extremo superior lleva una lente convexa que se llama objetivo, y en el extremo inferior una segunda lente llamada ocular, a la cual se aplica el ojo del observador. Los rayos que proceden del objeto luminoso atraviesan la primera de dichas lentes y van a formar por refracción una imagen invertida en su foco. Esa imagen se observa con el ocular, que la aumenta exactamente como la aumentaría un microscopio. El tubo del anteojo está, pues, cerrado en un extremo por el objetivo y en el otro por el ocular.

El tubo del telescopio, al contrario, está abierto por su extremo superior. Los rayos que parten del objeto observado penetran en él libremente y van a incidir en un espejo metálico cóncavo, es decir, convergente. Estos rayos reflejados encuentran un espejo que los envía al ocular, dispuesto de modo que aumenta la imagen producida.

Así, pues, en los anteojos, la refracción desempeña el papel principal, y en los telescopios lo hace la reflexión. De aquí el nombre de refractores dado a los primeros, y el de reflectores, dado a los segundos. Toda la dificultad de ejecución de estos aparatos de óptica radica en la construcción de los objetivos, ya sean lentes ya espejos metálicos.

Sin embargo, en la época en que el Gun-Club intentó su colosal experimento, estos instrumentos se hallaban muy perfeccionados y daban resultados magníficos. Estaba ya lejos el tiempo en que Galileo observó los astros con su pobre anteojo que no aumentaba las imágenes más que siete veces su propio tamaño. Ya en el siglo XVI, los aparatos de óptica se ensancharon y prolongaron de manera considerable, y permitieron penetrar en los espacios planetarios a una profundidad hasta entonces desconocida. Se citan el anteojo del Observatorio de Poulkewe en Rusia, cuyo objetivo era de quince pulgadas de ancho; el anteojo del óptico francés Lerebours, provisto de un objetivo igual al precedente y, en fin, el anteojo del Observatorio de Cambridge, dotado de un objetivo que tiene diecinueve pulgadas de diámetro.

Entre los telescopios se conocían dos de una potencia notable y de dimensión gigantesca. El primero, construido por Herschell, era de una longitud de treinta y seis pies y poseía un espejo que tenía cuatro pies y medio de ancho, permitiendo obtener aumentos de seis mil veces. El segundo se levantaba en Irlanda, en Bircastle, en el parque de Parsontown, y pertenecía a lord Roisse. La longitud de su tubo era de cuarenta y ocho pies y agrandaba los objetos seis mil cuatrocientas veces, habiendo sido preciso levantar una inmensa construcción para disponer los aparatos que requería la maniobra del instrumento, el cual pesaba veintiocho mil libras.

Pero, como se ve, a pesar de tan colosales dimensiones, los aumentos obtenidos no pasaban, en números redondos, de seis mil veces, y tal aumento no aproxima la Luna más que a treinta y nueve millas y sólo permite ver objetos de sesenta pies de diámetro, a no ser que sean objetos muy alargados.

Ahora se trataba de un proyectil de nueve pies de ancho y quince de largo, por lo que era menester acercar la Luna por lo menos a cinco millas y producir un aumento de cuarenta y ocho mil veces.

Tal era la cuestión que tenía que resolver el Observatorio de Cambridge, el cual no debía detenerse por ninguna dificultad económica, y por consiguiente sólo había de pensar en las dificultades materiales.

En primer lugar, fue preciso optar entre telescopios y anteojos. Estos tienen ventajas sobre los telescopios. A igualdad de objetivos, permiten obtener aumentos mayores, porque los rayos luminosos que atraviesan las lentes pierden menos por la absorción que por la reflexión en el espejo metálico de los telescopios. Pero el grueso que se puede dar a una lente es limitado, porque, si es grande, no deja pasar los rayos luminosos. Además, la construcción de tan enormes lentes es sumamente difícil y se cuenta por años el tiempo que exige.

Pero, aunque las imágenes se presentan más claras en los anteojos, ventaja inapreciable cuando se trata de observar la Luna, cuya luz es simplemente reflejada, se resolvió emplear el telescopio, que es de ejecución más rápida y permite obtener mayor aumento. Sólo que, como los rayos luminosos pierden una gran parte de su intensidad atravesando la atmósfera, el Gun-Club decidió colocar el instrumento en una de las más elevadas montañas de la Unión, lo que hacía disminuir la densidad de las capas aéreas.

En los telescopios, como hemos visto el ocular —es decir la lente— produce el aumento, y el objetivo que produce los aumentos más considerables es aquel cuyo diámetro es mayor, siendo mayor también la distancia focal. Para agrandar cuarenta y ocho mil veces, preciso era exceder singularmente en magnitud los objetivos de Herschell y de lord Rosse. En esto consistía la dificultad, porque la fundición de los espejos es una operación muy delicada.

Por fortuna, algunos años antes, un sabio del Instituto de Francia, Leon Foucault, había inventado un procedimiento que facilitaba y aceleraba la pulimentación de los objetivos, reemplazando el espejo metálico por espejos plateados. Basta fundir un pedazo de vidrio del tamaño que se quiera, y metalizarlo en seguida con una sal de plata. Este procedimiento, cuyos resultados son excelentes, fue el adoptado para la fabricación del objetivo.

Además, se les dio la disposición ideada por Herschel para su telescopio. En el gran aparato del astrónomo Slough, la imagen de los objetos, reflejada por el espejo inclinado hacia el fondo del tubo, venía a presentarse en el otro extremo en que se hallaba situado el ocular. De esta manera, el observador, en lugar de colocarse en la parte inferior del tubo, subía a la superior y allí, armado de su lupa, hundía su mirada en el enorme cilindro. Esta combinación tiene la ventaja de suprimir el espejo pequeño destinado a volver a enviar la imagen al ocular. En lugar de dos reflexiones, la imagen no sufre más que una. Hay, por consiguiente, un número menor de rayos luminosos extinguidos, por lo que la imagen aparece menos debilitada, y se obtiene mayor nitidez, una ventaja preciosa en la observación que debería hacerse.

Tomadas estas resoluciones, empezaron los trabajos. Según los cálculos de la Dirección del Observatorio de Cambridge, el tubo del nuevo reflector, debía tener doscientos ochenta pies de longitud y su espejo dieciséis pies de diámetro. Por colosal que fuese semejante instrumento, no era comparable a aquel telescopio de diez mil pies de longitud que el astrónomo Hooke se proponía construir años atrás. Con todo, la colocación del aparato presentaba grandes dificultades.

En cuanto a la cuestión del lugar, quedó muy pronto resuelta. Se trataba de escoger una montaña alta, y las montañas altas no son numerosas en Estados Unidos. En efecto, el sistema orográfico de este gran país se reduce a dos cordilleras de una mediana elevación, entre las cuales corre el magnífico Mississipí, que los americanos llamarían el *rey de los ríos,* si admitiesen un rey de cualquier tipo.

Al este se levantan los Apalaches, cuya cima más elevada, en New Hampsire, no pasa de 5.600 pies. Como se ve, muy modesto. Al oeste, por el contrario, se encuentran las Montañas Rocosas, parte de la inmensa cordillera que empieza en el estrecho de Magallanes, sigue la costa occidental de América del Sur bajo el nombre de cordillera de los Andes, salva el istmo de Panamá y corre atravesando la América del Norte hasta las costas de los mares árticos.

Estas montañas no son muy elevadas. Los Alpes o el Himalaya las mirarían con el más soberano desdén. Su cima más elevada no tiene más que 10.700 pies, frente al Mont-Blanc, que mide 14.430 y el Kantschindjinga con 26.776 pies sobre el nivel del mar.

Pero como el Gun-Club estaba empeñado en que el telescopio, lo mismo que el *Columbia,* se colocase en los Estados de la Unión, preciso fue contentarse con la montañas Rocosas, y todo el material necesario se dirigió a la cima de Long's Peak, en el Estado de Missouri.

Es imposible expresar las dificultades de todo género que los ingenieros americanos tuvieron que vencer, y los prodigios de habilidad y audacia que hicieron. Aquello fue un verdadero esfuerzo sobrehumano. Hubo necesidad de subir piedras enormes, colosales piezas de fundición, abrazaderas de extraordinario peso, trozos de cilindros de enorme volumen, y el objetivo, que pesaba por sí solo más de treinta mil libras, por encima del límite de las nieves perpetuas, a más de diez mil pies de altura, después de haber atravesado praderas desiertas, bosques impenetrables, torrentes espantosos, lejos de todos los centros de población, en medio de regiones salvajes en que cada detalle de la existencia se convierte en un problema casi insoluble. El genio de los norteamericanos triunfó sobre tantos y tan inmensos obstáculos. Menos de un año después de haberse comenzado los trabajos, en los últimos días del mes de septiembre, el gigantesco reflector levantaba en el aire un tubo de doscientos ochenta pies. Estaba suspendido de un enorme andamio de hierro, permitiendo un ingenioso mecanismo dirigirlo fácilmente hacia todos los puntos del cielo.

Había costado más de 400.000 dólares. La primera vez que se enfocó a la Luna, los observadores experimentaron una sensación de curiosidad e inquietud a un mismo tiempo. ¿Qué iban a descubrir en el campo de aquel telescopio que aumentaba cuarenta y ocho mil veces los objetos observados? ¿Poblaciones, rebaños de animales lunares, ciudades, lagos, océanos? No, nada que la ciencia no conociese ya, y en todos los puntos de su disco la naturaleza volcánica de la Luna pudo determinarse con absoluta precisión.

Pero el telescopio de las Montañas Rocosas, más que prestar sus servicios al Gun-Club, los prestó inmensos a la astronomía. Gracias a su poder de penetración, las profundidades del cielo fueron sondeadas hasta los últimos límites, se pudo medir rigurosamente el diámetro aparente de un gran número de estrellas, y M. Clarke, del Observatorio de Cambridge, descompuso la *crab nebula* del Toro, que no había podido reducir jamás el reflector de lord Roisse.

25

Ultimos detalles

Había llegado el 22 de noviembre, y diez días después debía verificarse la partida suprema. Ya no quedaba por hacer más que una operación, pero era una operación delicada, peligrosa, que exigía precauciones infinitas, y contra cuyo éxito el capitán Nicholl había hecho su tercera apuesta. Tratábase de cargar el *Columbia* introduciendo en él cuatrocientas mil libras de algodón fulminante. Nicholl opinaba, tal vez con fundamento, que la manipulación de una cantidad tan formidable de piróxilo acarrearía graves catástrofes y que esta masa eminentemente explosiva se inflamaría por sí misma bajo la presión del proyectil.

Aumentaban la inminencia del peligro la indiscreción y ligereza de los americanos, que durante la guerra civil, solían cargar sus bombas con el cigarro en la boca. Pero Barbicane esperaba salirse con la suya y no naufragar a la entrada del puerto. Escogió a sus mejores operarios, les hizo trabajar bajo su propia inspección, no les perdió un momento de vista, y a fuerza de prudencia y precauciones, consiguió inclinar a su favor todas las probabilidades de éxito.

Se guardó muy bien de mandar conducir todo el cargamento al recinto de Stone's Hill. Lo hizo llevar poco a poco, en cajones perfectamente cerrados. La carga total de piróxilo se dividió en paquetes de quinientas libras, lo que formaba ochocientos gruesos cartuchos elaborados con esmero por los más hábiles trabajadores de Pensacola. Cada cajón contenía diez cartuchos y llegaban uno tras otro por el ferrocarril de Tampa, de modo que no había nunca en el recinto más de cinco mil libras de piróxilo. Cada cajón, al llegar, era descargado por operarios que andaban descalzos, y cada cartucho era transportado a la boca del cañón, bajándolo al fondo por medio de grúas movidas a mano con suavidad. Se habían alejado todas las máquinas de vapor, y apagado todo fuego en dos millas a la redonda. Harto difícil era ya preservar aquellas cantidades de algodón fulminante de los ardores del Sol, aunque fuese en noviembre, de modo que que se trabajaba principalmente de noche, gracias a la luz producida por los aparatos de Ruhmkorff, que iluminaban las entrañas del *Columbia*. Allí se colocaban los cartuchos con perfecta regularidad y se unían entre sí por medio de un hilo metálico destinado a llevar simultáneamente la chispa eléctrica al centro de cada uno de ellos.

En efecto, el fuego tenía que comunicarse al algodón-pólvora por medio de la pila. Todos los hilos, cubiertos de una materia aislante, venían a reunirse en uno solo, convergiendo en un oído estrecho abierto a la altura del proyectil; por aquel oído atravesaban la gruesa pared de hierro fundido y subían a la superficie del suelo por uno de los respiraderos del revestimiento de piedra conservado con este objeto. Llegando a la cúspide de Stone's Hill, el hilo estaba sostenido por unos postes, como los cables del telégrafo, en un trayecto de dos millas. Se unía a una poderosa pila Bunsen pasando por un aparato interruptor. Bastaba, pues, empujar con el dedo el botón del aparato para restablecer instantáneamente la corriente y prender fuego a la totalidad del algodón-pólvora. No es necesario decir que la pila no debía funcionar hasta el último momento.

El 28 de noviembre, todos los cartuchos estaban debidamente colocados en el fondo del *Columbia*. Esta parte de la operación se había llevado a cabo felizmente. ¡Pero cuántas zozobras, cuántas inquietudes, cuántos sobresaltos había sufrido el presidente Barbicane! ¡Cuántas luchas había tenido que sostener! En vano había prohibido entrar en Stone's Hill: todos los días, los curiosos armaban escándalos en las empalizadas; algunos, llevando la imprudencia hasta la locura, fumaban en medio de las cargas de algodón fulminante. Barbicane se ponía furioso y lo mismo J. T. Maston, que echaba a los intrusos con la mayor energía, y recogía las colillas que los norteamericanos tiraban de cualquier modo. La tarea era pesada, porque pasaban de trescientas mil las personas que se agrupaban alrededor de las empalizadas. Miguel Ardan se había ofrecido a escoltar los cajones hasta la boca del cañón, pero habiéndole sorprendido a él mismo con un enorme cigarro en la boca mientras perseguía

Se dispusieron con orden en el vagón proyectil los objetos que el viaje requería.

a los imprudentes a quienes daba mal ejemplo, el presidente del Gun-Club vio que no podía contar con un fumador tan empedernido y, en lugar de nombrarle vigilante, hizo que fuese vigilado muy especialmente.

En fin, como hay un Dios para los artilleros, el cañón fue debidamente cargado y todo fue a pedir de boca. El capitán Nicholl corría gran peligro de perder su tercera apuesta, pero aún había que introducir el proyectil en el cañón y colocarlo sobre el algodón fulminante.

Antes de proceder a esta operación, se dispusieron con orden en el vagón proyectil los objetos que el viaje requería. Estos eran bastante numerosos y, si se hubiese dejado hacer a Miguel Ardan, habrían muy pronto ocupado todo el espacio reservado a los viajeros. Nadie es capaz de figurarse lo que el buen francés quería llevar a la Luna: parecía empeñado en llevar un montón de cosas inútiles. Pero Barbicane intervino y todo se redujo a lo estrictamente necesario.

Se colocaron en el cofre de los instrumentos varios termómetros, barómetros y anteojos. Los viajeros tenían curiosidad de examinar la Luna durante la travesía, y para facilitar el reconocimiento de su nuevo mundo, iban provistos de una excelente carta de Bee y Moedler, *Mappa selenographica,* publicado en cuatro hojas, que pasa con razón por ser una verdadera obra maestra de observación y paciencia. En dicho mapa se reproducen con escrupulosa exactitud los más insignificantes pormenores de la porción del astro que mira a la Tierra: montañas, valles, cráteres, picos, grietas, se ven en él con sus dimensiones exactas, con su fiel orientación, y hasta con su denominación propia, desde los montes Doeriel y Leibnitz, cuya alta cima sobresale en la parte oriental del disco, hasta el *Mare frigoris* que se extiende por las regiones del norte. Era, pues, un precioso documento para los viajeros, porque les permitía estudiar el país antes de entrar en él.

Llevaban también tres rifles y otras tantas carabinas con sistema de balas explosivas, y además pólvora y balas en gran cantidad.

—No sabemos con quién tendremos que habérnoslas—decía Miguel Ardan—. Podemos encontrar hombres o animales que tomen a mal nuestra visita. Es, pues, preciso tomar precauciones.

Aparte de los instrumentos de defensa personal, había picos, azadones, sierras de mano y otras herramientas indispensables, sin hablar de los vestidos adecuados a todas las temperaturas, desde el frío de las regiones polares hasta el calor de la zona tórrida.

Miguel Ardan hubiera querido llevarse cierto número de animales, aunque no un par de cada especie conocida, pues él no veía la necesidad de aclimatar en la Luna serpientes, tigres, cocodrilos y otros animales dañinos.

—No—decía a Barbicane—. Pero algunas bestias de carga, toros, asnos o caballos harían buen efecto en el país y nos serían sumamente útiles.

—Convengo en ello, mi querido Ardan—respondió, el presidente del Gun-Club—, pero nuestro vagón proyectil no es el Arca de Noé. No tiene su capacidad, ni tampoco su objeto. No traspasemos los límites de lo posible.

En fin, después de prolijas discusiones, quedó convenido que los viajeros se contentarían con llevar una excelente perra de caza perteneciente a Nicholl y un vigoroso perro Terranova de una fuerza prodigiosa. Entre el número de objetos indispensables se incluyeron algunas cajas de granos y semillas útiles. A Miguel Ardan le hubiera gustado también llevar un poco de tierra para sembrarlas, pero se lo impidieron. Como no pudo hacer todo lo que quería, cargó con una docena de arbustos que, envueltos en paja con el mayor cuidado, fueron colocados en un rincón del proyectil.

Quedaba aún la importante cuestión de los víveres, pues era preciso prepararse para el caso en que se llegase a una comarca de la Luna absolutamente estéril. Barbicane se las ingenió para reunir víveres para un año. Pero debemos advertir, para que nadie se asombre o dude de lo que decimos, que los víveres consistieron en conservas de carnes y legumbres, reducidas a su menor volumen posible bajo la acción de la prensa hidráulica, contenían una gran cantidad de elementos nutritivos. Verdad es que no eran muy variadas, pero en una expedición era preciso no andarse con remilgos. Había también una reserva de aguardiente que se elevaba a unos 50 litros y agua sólo para dos meses, pues, según las últimas observaciones de los astrónomos, nadie podía poner en duda la presencia de cierta cantidad de agua en la superficie de la Luna. En cuanto a los víveres, hubiera sido una insensatez creer que habitantes de la Tierra no habían de encontrar allí arriba con qué alimentarse. Acerca del particular, Miguel Ardan no abrigaba la menor duda. Si la hubiese tenido, no hubiera pensado siquiera en emprender el viaje.

—Por otra parte—dijo un día a sus amigos—no quedaremos completamente abandonados por nuestros camaradas de la Tierra y ellos procurarán no olvidarnos.

—Naturalmente—respondió J. T. Maston.

Los viajeros llevarían una perra de caza y un perro Terranova...

—¿Qué queréis decir?—preguntó Nicholl.

—Muy sencillamente—respondió Ardan—. ¿No quedará siempre aquí el *Columbia*? ¡Pues bien! Cuantas veces la Luna se presenta en condiciones favorables de cenit, que no de perigeo, es decir, una vez al año, ¿no se nos podrán enviar granadas cargadas de víveres, que nosotros recibiremos en día fijo?

—¡Bravo!—exclamó J. T. Maston, como si la idea se le hubiera ocurrido a él—. ¡Muy bien dicho! ¡Perfectamente dicho! ¡No, en verdad, queridos amigos, no os olvidaremos!

—¡Cuento con ello! Así, pues, ya lo véis, tendremos regularmente noticias del globo y, por lo que a nosotros toca, muy torpes hemos de ser para no hallar medio de ponernos en comunicación con nuestros buenos amigos de la Tierra.

Había en estas palabras tal confianza que Miguel Ardan, con su resuelto continente y su soberbio aplomo, hubiera arrastrado en pos de sí a todo el Gun-Club. Lo que él decía parecía sencillo, elemental, un éxito seguro. Y hubiera sido necesario tener un apego mezquino a este miserable globo terráqueo para no seguir a los tres viajeros en su expedición lunar.

Cuando estuvieron debidamente colocados en el proyectil todos los objetos, se introdujo entre sus tabiques el agua destinada a amortiguar la repercusión, y el gas para el alumbrado se encerró en su recipiente. En cuanto al clorato de potasa y a la potasa cáustica, Barbicane, temiendo en el camino retrasos imprevistos, se llevó una cantidad suficiente para renovar por espacio de dos meses el oxígeno y absorber el carbónico. Un aparato sumamente ingenioso, que funcionaba automáticamente, se encargaba de devolver al aire sus cualidades vivificadoras y de purificarlo completamente. El proyectil estaba, pues, en disposición de echar a volar, y ya no faltaba más que introducirlo en el cañón. La operación estaba erizada de dificultades y peligros.

Se trasladó la enorme granada a la cúspide de Stone's Hill, donde grúas de gran potencia se apoderaron de ella y la tuvieron suspendida encima del pozo de metal.

Aquel momento fue emocionante. Si las cadenas, no pudiendo resistir tan enorme peso, se hubiesen roto, la caída de una mole tan enorme hubiera determinado la inflamación del algodón-pólvora. Afortunadamente, nada de esto sucedió, y algunas horas después el vagón proyectil, bajando poco a poco por el ánima del cañón, se acostó en su lecho de piróxilo, verdadero edredón fulminante. Su presión no hizo más que comprimir con mayor fuerza la carga del cañón.

—He perdido—dijo el capitán, entregando al presidente Barbicane una suma de tres mil dólares.

Barbicane no quería recibir cantidad alguna de un compañero de viaje, pero tuvo que ceder ante la obstinación de Nicholl, el cual deseaba cumplir todos sus compromisos antes de abandonar la Tierra.

—Entonces—dijo Miguel Ardan—ya no tengo que desearos más que una cosa, mi bravo capitán.

—¿Cuál?—preguntó Nicholl.

—Que perdáis vuestras otras dos apuestas. Así estaremos seguros de no quedarnos por el camino.

26

¡Fuego!

Había llegado el 1 de diciembre, día fatal, porque si la partida del proyectil no se efectuaba aquella misma noche, a las diez y cuarenta y seis minutos con cuarenta segundos, más de dieciocho años tendrían que transcurrir antes de que la Luna se volviese a presentar en las mismas condiciones.

El tiempo estaba magnífico. A pesar de aproximarse el invierno, el Sol resplandecía y bañaba con sus radiantes efluvios la Tierra que tres de sus habitantes iban a abandonar en busca de un nuevo mundo.

¡Cuántas personas durmieron mal durante la noche que precedió a aquel día tan impacientemente deseado! ¡Cuántos pechos estuvieron oprimidos bajo el peso de una ansiedad penosa! Todos los corazones palpitaron inquietos, a excepción del de Miguel Ardan. Este impasible personaje iba y venía con su habitual movilidad, pero nada denunciaba en él una preocupación insólita. Su sueño había sido pacífico, como el de Turena al pie del cañón, antes de la batalla.

Al amanecer, una inmensa muchedumbre cubría las praderas, que se extienden hasta perderse de vista alrededor de Stone's Hill. Cada cuarto de hora, el tren de Tampa acarreaba nuevos curiosos. La imaginación tomó luego proporciones de fábula, y según los registros del *Tampa-Town Observer,* durante aquella memorable jornada, llegaron a Florida más de cinco millones de espectadores.

Hacía un mes que la mayor parte de aquella multitud se había instalado alrededor del recinto, y echaba los cimientos de una ciudad, que se llamaría después Ardan's Town. La llanura estaba erizada de barracas, cabañas, tiendas, toldos… Y estas habitaciones efímeras abrigaron una población bastante numerosa para causar envidia a las mayores ciudades de Europa.

Allí estaban representados todos los pueblos de la Tierra; allí se hablaban a la vez todos los idiomas del mundo. Reinaba la confusión de lenguas, como en los tiempos bíblicos de la torre de Babel. Allí las diversas clases de la sociedad americana se confundían en una igualdad absoluta. Banqueros, labradores, marinos, comerciantes, corredores, plantadores de algodón, negociantes, magistrados…, se codeaban con una sencillez primitiva. Los criollos de Louisiana fraternizaban con los propietarios de Indiana; los aristócratas de Kentucky y de Tennessee, los virginianos elegantes y altaneros departían de igual a igual con los cazadores medio salvajes de los lagos y con los traficantes de bueyes de Cincinnati. Cubierta la cabeza con sombrero blanco de castor, de anchas alas, o con el clásico panamá, vestidos con pantalones azules de algodón, ataviados con sus elegantes blusas de lienzo crudo, calzados con botines de colores brillantes, ostentaban extravagantes chorreras de batista y hacían centellear en su camisa, en sus bocamangas, en su corbata, en sus diez dedos, y hasta en los lóbulos de sus orejas, todo un surtido de sortijas, alfileres, brillantes, cadenas, aretes y otras zarandajas cuyo valor era igual a su mal gusto. Mujeres, niños, criados, con trajes no menos opulentos, acompañaban, seguían, precedían, rodeaban a estos maridos, estos padres, estos señores, que parecían jefes de tribu en medio de sus familias numerosas.

A la hora de comer, era de ver cómo aquella multitud se precipitaba sobre los platos especiales del Sur y cómo devoraba, con un apetito capaz de producir una crisis alimenticia en Florida, monjares que repugnarían a un estómago europeo, tales como ranas en pepitoria, monos estofados, zorra casi cruda, o magras de oso asadas a la parrilla.

¡Y cuántos licores había para ayudar al estómago a digerir platos tan indigestos! ¡Qué gritos, qué vociferaciones tan apremiantes resonaban en las tabernas, adornadas profusamente con vasos, copas, frascos, garrafas, botellas y otras vasijas de formas inverosímiles!

—¡Julepe de menta!—gritaba con voz sonora un vendedor.

— ¡Ponche de vino de Burdeos!—replicaba otro, con un tono que parecía estar regañando.

—¡*Gin-sling!*—repetía otro.

—¿Quién quiere el verdadero *mint-julep* a la última moda?—ofrecían algunos mercaderes diestros, haciendo pasar rápidamente de un vaso a otro, con la habilidad de un jugador de cubiletes, el azúcar, el limón, la hierbabuena, el hielo, el agua, el coñac y la piña de América, que componen una bebida refrescante.

Estos ofrecimientos se dirigían a paladares ya excitados por la acción de las especias, produciéndose una baraúnda de todos los demonios. Pero en aquel 1 de diciembre, los gritos eran raros. En vano los vendedores hubieran enronquecido invitando a la gente. Nadie pensaba en comer ni en beber, y a las cuatro de la tarde eran muchos los espectadores que componían aquella inmensa multitud que no habían aún tomado su acostumbrado *lunch*. Había otro síntoma más significativo: la violenta pasión de los americanos por los juegos de azar era vencida por la agitación que se notaba en todas partes. Bien se veía que el gran acontecimiento que se aguardaba embargaba todos los sentidos y no dejaba lugar a ninguna distracción, al ver que las bolas de billar no salían de las troneras, que los dados dormían en sus cubiletes, que la ruleta permanecía inmóvil y que los naipes estaban guardados.

Durante todo el día reinó entre aquella multitud ansiosa una agitación sorda, sin gritos, como la que precede a las grandes catástrofes. Un indescriptible desasosiego reinaba en los ánimos, un entorpecimiento penoso, un sentimiento indefinible que oprimía el corazón. Todos hubieran querido que el acontecimiento hubiese terminado ya.

Sin embargo, a eso de las siete se disipó de pronto aquel pesado silencio: la Luna apareció en el horizonte. Su aparición fue saludada por millares de voces. Había acudido puntualmente a la cita. Los clamores subían al cielo; los aplausos partieron de todos los puntos, y entretanto, la blanca Febe, brillando pacíficamente en un cielo admirable, acariciaba la multitud con sus rayos más afectuosos.

En aquel momento se presentaron los intrépidos viajeros y los aplausos se multiplicaron. Unánime e instantáneamente el himno nacional de Estados Unidos se escapó de todos los pechos anhelantes, y el *Yankee doodle*, cantado a coro por cinco millones de voces, se elevó como una tempestad sonora hasta los últimos límites de la atmósfera.

Después de este irresistible arranque, el himno cesó; las notas se perdieron y disiparon en el espacio, un rumor silencioso flotó encima de aquella multitud tan profundamente impresionada.

Mientras tanto, el francés y los dos americanos habían entrado en el recinto reservado, a cuyo alrededor se agolpaba la inmensa muchedumbre. Les acompañaban los miembros del Gun-Club y delegaciones envia-

¡Treinta y nueve… Cuarenta…! ¡Fuego!

das por los observatorios europeos. Barbicane, frío y sereno, daba tranquilamente sus últimas órdenes. Nicholl, con los labios cerrados y las manos cruzadas a la espalda, andaba con paso firme y mesurado. Miguel Ardan, siempre despreocupado, en traje de perfecto viajero, con polainas de cuero, la bolsa de camino colgada del hombro y el cigarro en la boca, distribuía al pasar sendos apretones de manos con una prodigalidad de príncipe. Su verbosidad era inagotable. Alegre, risueño, hacía mil bromas al digno y serio J. T. Maston. En una palabra, era francés, y lo que es aún peor, parisino.

Dieron las diez. Había llegado el momento de colocarse en el proyectil, pues la maniobra necesaria para bajar a él, cerrar la tapa y quitar las grúas y los andamios inclinados sobre la boca del *Columbia* exigía algún tiempo.

Barbicane había ajustado su cronómetro, que no discrepaba en una décima de segundo del de Murchisson, encargado de dar fuego a la pólvora por medio de la chispa eléctrica. De esta manera los viajeros encerrados en el proyectil podrían seguir también con su mirada la impasible manecilla hasta que marcase el instante preciso de su partida.

Había, pues, llegado el momento de la despedida.

La escena fue patética, y hasta el mismo Miguel Ardan, a pesar de su jovialidad febril, se sintió conmovido. J. T. Maston había hallado bajo sus párpados secos una antigua lágrima que reservaba sin duda para esta ocasión, y la vertió en el rostro de su querido y bravo presidente.

—¡Si yo partiese! ¡Aún es tiempo!—exclamó.

—¡Imposible, mi viejo amigo Maston!—respondió Barbicane.

Algunos instantes después, los tres compañeros ocupaban su puesto en el proyectil y habían ya cerrado la tapa desde el interior. La boca del *Columbia*, apuntando hacia el cielo, estaba completamente despejada.

Nicholl, Barbicane y Miguel Ardan estaban definitivamente encerrados en su vagón de metal.

¿Quién sería capaz de pintar la ansiedad universal, que llegaba entonces al paroxismo?

La Luna avanzaba en un firmamento de límpida pureza, apagando a su paso el centelleo de las estrellas. Recorría entonces la constelación del Géminis, y se hallaba casi a medio camino del horizonte y el cénit. Todos podían comprender que se apuntaba delante del objetivo, como apunta el cazador delante de la liebre que quiere matar y no a la liebre misma.

Un silencio imponente y aterrador pesaba sobre toda la escena. ¡Ni un soplo de viento en la Tierra! Los corazones no se atrevían a palpitar. Todas las miradas convergían, azoradas, en la boca del *Columbia*.

Murchisson seguía con la vista la manecilla de su cronómetro. Apenas faltaban cuarenta segundos para el momento de la partida, y cada uno de ellos duraba un siglo.

Hubo al vigésimo un estremecimiento universal, y no hubo uno solo en la multitud que no pensase que los audaces viajeros encerrados en el proyectil contaban también aquellos terribles segundos. Se escaparon gritos aislados.

—¡Treinta y seis… Treinta y siete… Treinta y ocho… Treinta y nueve… Cuarenta…! ¡Fuego!

Inmediatamente Murchisson, empujando con el dedo el interruptor del aparato, restableció la corriente y lanzó la chispa eléctrica al fondo del *Columbia*.

Una detonación espantosa, inaudita, sobrehumana, de la que no hay estruendo alguno que pueda dar la más débil idea, ni los estallidos del rayo, ni el estrépito de las más tremendas erupciones, se produjo instantáneamente. Un haz inmenso de fuego salió de las entrañas de la Tierra. El suelo tembló y pocos espectadores pudieron ver, por un instante, el proyectil, en medio de inflamados y densos vapores, hendiendo victoriosamente el aire.

27

Tiempo nublado

En el momento de elevarse al cielo a una prodigiosa altura el ingente chorro de luz, la llama dilatada iluminó Florida entera, y hubo un momento en que el día sustituyó a la noche en una considerable extensión de territorio. El inmenso penacho de fuego se percibió desde cien millas en el mar, lo mismo en el golfo que en el Atlántico, y más de un capitán anotó en su diario de a bordo la aparición de aquel gigantesco meteoro.

La detonación fue acompañada de un auténtico terremoto. Florida sintió la sacudida hasta el fondo de sus entrañas. Los gases de la pólvora, dilatados por el calor, rechazaron con incomparable violencia las capas atmosféricas, produciéndose un huracán artificial, cien veces más rápido que el de las tormentas.

Ni un solo espectador quedó en pie. Hombres, mujeres, niños, todos fueron derribados como espigas sacudidas por el viento de la tempestad;

En el momento de elevarse al cielo a una prodigiosa altura...

hubo un tumulto formidable; muchas personas al caer se hirieron gravemente y J. T. Maston, que imprudentemente se colocó demasiado cerca de la pieza, fue arrojado a veinte toesas y pasó como una bala por encima de la cabeza de sus conciudadanos. Trescientas mil personas quedaron momentáneamente sordas, y mudas de estupor.

La corriente atmosférica, después de haber derribado barracas, hundido chozas, desarraigado árboles en radio de doscientas millas, cayó sobre Tampa como un alud, y destruyó un centenar de edificios, entre otros la iglesia de Saint-Mary y el nuevo palacio de la Bolsa, que se agrietó en toda su longitud. Algunos barcos anclados en el puerto chocando unos contra otros, se fueron a pique, y diez embarcaciones, ancladas en la rada, se estrellaron contra la costa, después de haber roto sus cadenas como si fueran hebras de algodón.

Pero el círculo de las devastaciones se extendió más lejos aún, y más allá de los límites de Estados Unidos. El efecto de la percusión, ayudada por los vientos del oeste, se dejó sentir en el Atlántico, a más de trescientas millas de las playas americanas. Una tempestad ficticia, una tempestad inesperada, que no había podido prever el almirante Fitz-Roy, puso en dispersión su escuadra; y muchos buques, envueltos en espantosos torbellinos que no les permitieron cargar ni rizar una sola vela, zozobraron en un instante, entre ellos el *Child-Herald* de Liverpool, lamentable catástrofe que fue objeto de las más vivas reclamaciones de la prensa de Gran Bretaña.

En fin, y para decirlo todo, si bien el hecho no tiene más garantía que la afirmación de algunos indígenas, media hora después de la partida del proyectil, algunos habitantes de Gorea y de Sierra Leona pretendieron haber percibido una conmoción sorda, última vibración de las ondas sonoras, que, después de haber atravesado el Atlántico, iba a morir en las costas africanas.

Pero volvamos a Florida. Pasado el primer instante de confusión, los heridos, los sordos, todos los que componían la multitud salieron de su asombro, y lanzaron gritos frenéticos, vitoreando a Ardan, a Barbicane y a Nicholl. Millones de hombres, armados de telescopios y anteojos interrogaban el espacio, olvidando las contusiones para no pensar más que en el proyectil. Pero lo buscaban en vano. No se le podía ya distinguir, y era preciso resignarse a aguardar que llegaran los telegramas de Long's Peak. El director del Observatorio de Cambridge ocupaba su puesto en las Montañas Rocosas, siendo a él, astrónomo hábil y perseverante, a quien se habían confiado las observaciones.

Pero un fenómeno imprevisto, aunque fácil de prever, y contra el cual nada podían los hombres, sometió la impaciencia pública a una ruda prueba.

El tiempo, hasta entonces muy sereno, varió de pronto; el cielo se cubrió de oscuras nubes. ¿Podía suceder otra cosa, después de la revolución terrible que experimentaron las capas atmosféricas y de la dispersión de la cantidad enorme de vapores procedentes de la deflagración de doscientas mil libras de piróxilo? Todo el orden natural se había perturbado, lo que no puede asombrar a los que saben que con frecuencia en los combates navales se ha visto modificarse de pronto el estado atmosférico por las descargas de la artillería.

Al día siguiente, el Sol, se levantó en un horizonte cargado de espesas nubes, que formaban entre el cielo y la tierra una pesada e impenetrable cortina, que se extendió desgraciadamente hasta las regiones de las Montañas Rocosas. Fue una fatalidad. De todas las partes del globo se elevó un concierto de protestas. Pero la Naturaleza no hizo ningún caso de ellas, y justo era: ya que los hombres habían turbado la atmósfera con su cañonazo, que sufriesen las consecuencias.

Durante el primer día, no hubo quien no tratase de penetrar el velo opaco de las nubes, pero todos perdieron el tiempo miserablemente. Además, apuntaban sus instrumentos erroneamente, pues, a consecuencia del movimiento diurno del globo, el proyectil debía estar pasando entonces por la línea de las antípodas.

Como quiera que sea, cuando la Tierra quedó envuelta en las tinieblas de una noche impenetrable y profunda, fue imposible percibir la Luna levantada en el horizonte, como si expresamente la casta diosa se ocultase a las miradas de los temerarios o profanos que habían hecho fuego contra ella. No hubo observación posible, y los partes de Long's Peak confirmaron este funesto contratiempo.

Sin embargo, si el resultado del experimento había sido el que se esperaba, los viajeros que partieron el 1 de diciembre a las 10 horas y 46' con 40" de la noche, debían llegar el 4 a medianoche. Hasta el 4 a medianoche era pues preciso tener paciencia sin alborotar demasiado, haciéndose todos cargo de que era muy difícil, no siendo en condiciones muy favorables, observar un cuerpo tan pequeño como el proyectil.

El 4 de diciembre, desde las ocho de la tarde hasta medianoche, hubiera sido posible seguir el curso del proyectil, el cual habría parecido un punto negro en el plateado disco de la Luna. Pero el tiempo permaneció inexorablemente encapotado, lo que llevó al último extremo la exasperación pública. Se injurió a la Luna porque no se presentaba. ¡Volubilidad humana!

J. T. Maston, desesperado, marchó a Long's Peak. Quería observar por sí mismo, no teniendo la menor duda de que sus amigos habían llegado al término de su viaje. Por otra parte, no se tenía noticia de que el proyectil hubiese caído en un punto cualquiera de la superficie de la Tierra. Maston no admitía ni un solo instante la posibilidad de una caída en los océanos que cubren las tres cuartas partes del globo.

El día 5 siguió el mismo tiempo. Los grandes telescopios del Viejo Continente, el de Herschel, los de Rosse y Foucault, apuntaban hacia el astro de la noche, porque en Europa el tiempo era precisamente magnífico; pero la debilidad relativa de dichos instrumentos invalidaba todas las observaciones.

No hizo mejor tiempo el día 6. La impaciencia atormentaba a las tres cuartas partes del globo. Hasta hubo quienes propusieron los medios más insensatos para disipar las nubes acumuladas en el aire. El 7 el cielo se modificó algo. Hubo alguna esperanza, pero ésta duró poco, pues por la noche espesas nubes pusieron la bóveda estrellada a cubierto de todas las miradas.

La situación se agravó. El 11, a las nueve y once minutos de la mañana, la Luna debía entrar en su último cuarto, y luego ir declinando, de suerte que después, aunque el tiempo se despejase, la observación sería poco menos que infructuosa. La Luna entonces no mostraría más que una porción siempre decreciente de su disco, hasta hacerse Luna nueva, es decir, que se pondría y saldría con el sol, cuyos rayos la volverían absolutamente invisible. Sería por consiguiente preciso aguardar al día 3 de enero para volverla a encontrar llena y empezar de nuevo las observaciones.

Los periódicos publicaban estas reflexiones con mil comentarios, y aconsejaban al público que se armase de paciencia.

El día 8 no hubo nada. El día 9 reapareció el Sol un instante como para burlarse de los norteamericanos. Estos le recibieron con una estrepitosa pitada y él, herido sin duda en su amor propio por una acogida semejante, se mostró muy avaro de sus rayos.

El día 10, ninguna variación notable. Poco faltó para que J. T. Maston se volviese loco, inspirando serios temores el cerebro del digno veterano, tan bien conservado hasta entonces bajo su cráneo de gutapercha.

Pero el día 11 se desencadenó en la atmósfera una de esas espantosas tormentas de las regiones intertropicales. Fuertes vientos del este barrieron las nubes tan tenazmente acumuladas, y por la noche el disco del astro de la noche, a la sazón rojizo, pasó majestuosamente en medio de las límpidas constelaciones del cielo.

28

Un astro nuevo

Aquella misma noche, la palpitante noticia esperada con tanta impaciencia cayó como un rayo en los Estados de la Unión, y luego, atravesando el océano, circuló por todos los hilos telegráficos del globo. El proyectil había sido visto gracias al gigantesco aparato de Long's Peak.

He aquí la nota redactada por el director del Observatorio de Cambridge, la cual contiene la conclusión científica del gran experimento del Gun-Club:

Long's Peak, 12 de diciembre.

A los señores miembros del Observatorio de Cambridge.

«El proyectil disparado por el *Columbia* de Stone's Hill ha sido visto por los señores Belfast y J. T. Maston el 12 de diciembre, a las ocho y cuarenta y siete minutos de la noche, habiendo entrado la Luna en su último cuarto.

»El proyectil no ha llegado a su destino. Ha pasado, sin embargo, lo bastante cerca de él como para ser retenido por la atracción lunar.

»Allí su movimiento rectilíneo se ha convertido en un movimiento circular de una rapidez vertiginosa, y ha sido arrastrado siguiendo una órbita elíptica alrededor de la Luna, de la cual ha pasado a ser un verdadero satélite.

»Las características de este nuevo astro no han podido aún determinarse. No se conoce su velocidad de traslación ni su velocidad de rotación. Puede calcularse en dos mil ochocientas treinta y tres millas aproximadamente la distancia que le separa de la superficie de la Luna.

»En la actualidad se pueden establecer dos hipótesis, y según cual sea lo que corresponda al hecho, modificar de distinta manera el estado de cosas:

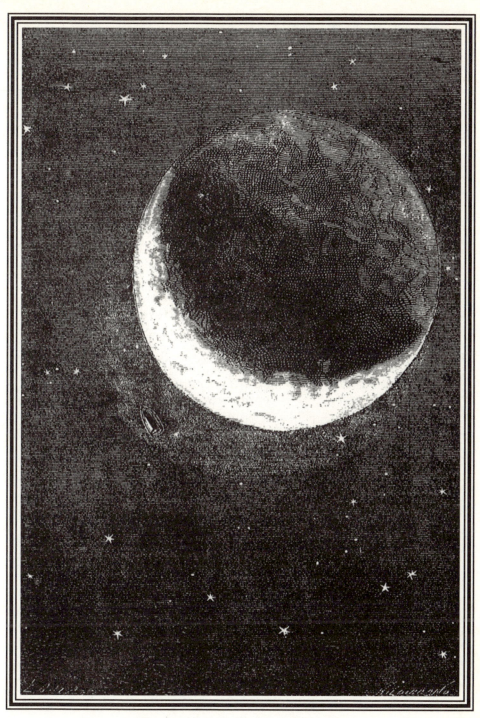

El proyectil no ha llegado a su destino.

»Si la atracción de la Luna prevalece sobre todas las fuerzas, arrastrará al proyectil, en cuyo caso los viajeros llegarán al término de su viaje.

»O, por el contrario conservándose el proyectil en una órbita inmutable, gravitará alrededor del disco lunar hasta la consumación de los siglos.

»He aquí lo que las observaciones nos dirán un día u otro, pero por ahora el único resultado de la tentativa del Gun-Club ha sido dotar a nuestro sistema solar de un astro nuevo.»

J. Belfast.

¡Cuántos interrogantes suscitaba un desenlace tan inesperado! ¡Qué situación preñada de misterios reserva el porvenir a las investigaciones de la ciencia! Gracias al valor y abnegación de tres hombres, una empresa tan fútil en apariencia, cual era la de enviar una bala a la Luna, acababa de tener un resultado de incalculables consecuencias. Los viajeros encarcelados en un nuevo satélite, si bien es verdad que no habían alcanzado su objetivo, formaban al menos parte del mundo lunar; gravitaban alrededor del astro de la noche, y por primera vez podía el ojo humano penetrar todos sus misterios. Los nombres de Nicholl, Barbicane y Miguel Ardan deberán, pues, ser siempre célebres en los fastos astronómicos, porque estos atrevidos exploradores, deseando ensanchar el círculo de los conocimientos humanos, atravesaron audazmente el espacio y se jugaron la vida en la más sorprendente tentativa de los tiempos modernos.

Conocida la nota de Long's Peak hubo en el universo entero un sentimiento de sorpresa y espanto. ¿Era posible auxiliar a aquellos heróicos habitantes de la Tierra? No, sin duda alguna, porque se habían colocado fuera de la Humanidad traspasando los límites impuestos por Dios a las criaturas terrestres. Podían procurarse aire durante dos meses. Tenían víveres para un año. Pero, ¿y después?... Los corazones más insensibles palpitaban al dirigirse tan terrible pregunta.

Un hombre, uno sólo, se negaba a admitir que la situación fuese desesperada. Uno sólo tenía confianza: el audaz y resuelto J. T. Maston.

No les perdía de vista. En lo sucesivo su domicilio fue Long´s Peak; su horizonte, el espejo del inmenso reflector. Apenas la Luna aparecía en el horizonte, la encerraba en el campo del telescopio, y la seguía asiduamente en su marcha por los espacios planetarios. Observaba con una paciencia eterna el paso del proyectil por su disco de plata, y en realidad el digno veterano vivía en comunicación constante con sus tres amigos, y no desesperaba de volverles a ver un día u otro.

—Me cartearé con ellos—decía al que quería oírle—, cuando las circunstancias lo permitan. Tendremos de ellos noticias, y ellos las tendrán de nosotros. Les conozco, son hombres de mucha inteligencia. Llevan consigo en el espacio, todos los recursos del arte, de la ciencia y de la industria. Con esto se hace cuanto se quiere, y ya veréis como salen del atolladero.